U0732665

共和国的历程

强军行动

解放军全军开展大比武行动

刘干才　编写

蓝天出版社　吉林出版集团有限责任公司

图书在版编目（CIP）数据

强军行动：解放军全军开展大比武行动/ 刘干才编写.
一北京：蓝天出版社，2014.10（2023.3重印）
（共和国的历程）
ISBN 978-7-5094-1245-9

Ⅰ．①强… Ⅱ．①刘… Ⅲ．①革命故事－作品集－中国－当代 Ⅳ．①I247．8

中国版本图书馆 CIP 数据核字（2014）第 232642 号

强军行动——解放军全军开展大比武行动
编　　写：刘干才
策　　划：金永吉　荆忠峰
责任编辑：梅广才　王燕燕
出版发行：蓝天出版社　吉林出版集团有限责任公司
地　　址：北京市复兴路 14 号
邮　　编：100843
电　　话：010—66983715
经　　销：全国新华书店
印　　刷：北京楠海印刷厂
开　　本：710mm×1000mm　1/16
字　　数：69 千
印　　张：8
版　　次：2016 年 3 月第 1 版
印　　次：2023 年 3 月第 3 次
定　　价：29.80 元

版权所有　翻印必究　如有印装质量问题，请寄本社退换

前　言

　　中华人民共和国自1949年10月1日成立以来，已走过了六十多年的风雨历程。历史是一面镜子，我们可以从多视角、多侧面对其进行解读。然而有一点是可以肯定的，那就是，半个多世纪以来，在中国共产党的领导下，中国的政治、经济、军事、外交、文化、教育、科技、社会、民生等领域，都发生了深刻的变化，中国人民站起来了，中华民族已屹立于世界民族之林。

　　这段时间放到整个历史长河中是短暂的，有如弹指一挥间，但它带给中国的却是极不平凡的。六十多年里神州大地经历了沧桑巨变。从开国大典到60年国庆盛典，从经济战线上的三大战役到经济总量居世界前列，从对农业、手工业、资本主义工商业的三大改造到社会主义市场经济体制的基本确立，从宜将剩勇追穷寇到建立了强大的国防军，从废除一切不平等条约到独立自主的和平外交政策，从"双百"方针到体制改革后的文化事业欣欣向荣，从扫除文盲到实施科教兴国战略建设新型国家，从翻身解放到实现小康社会，凡此种种，中国人民在每个领域无不留下发展的足迹，写就不朽的诗篇。

　　六十几年在历史的长河中犹如沧海一粟，但对身处其间的个人却是并非无足轻重的。其间究竟发生了些什么，怎样发生的，过程怎样，结果如何，非人人都清楚知道的。对此，亲身经历者或可鲜活如昨，但对后来者却可能只是一个概念，对某段历史的记忆影像或不存在或是模糊的。基于此，为了让年轻人，特别是青少年永远铭记共和国这段不朽的历史，我们推出了这套《共和国的历程》。

《共和国的历程》虽为故事形式，但与戏说无关，我们是想借助通俗、富于感染力的文字记录这段历史。这套丛书汇集了在共和国历史上具有深刻影响的重大历史事件。在丛书的谋篇布局上，我们尽量选取各个时代具有代表性的或深具普遍意义的若干事件加以叙述，使其能反映共和国发展的全景和脉络。为了使题目的设置不至于因大而空，我们着眼于每一重大历史事件的缘起、过程、结局、时间、地点、人物等，抓住点滴和些许小事，力求通透。

历史是复杂的，事态的发展因素也是多方面的。由于叙述者的视角、文化构成不同，对事件的认知或有不足，但这不会影响我们对整个历史事件的判断和思考，至于它能否清晰地表达出我们编辑这套书的本意，那只能交给读者去评判了。

这套丛书可谓是一部书写红色记忆的读物，它对于了解共和国的历史、中国共产党的英明领导和中国人民的伟大实践都是不可或缺的。同时，这套丛书又是一套普及性读物，既针对重点阅读人群，也适宜在全民中推广。相信它必将在我国开展的全民阅读活动中发挥大的作用，成为装备中小学图书馆、农家书屋、社区书屋、机关及企事业单位职工图书室、连队图书室等的重点选择对象。

编　者
2014 年 1 月

目 录

一、 中央发出强军号召

● 1951 年 1 月，中央军委发出"为建设正规化、现代化的国防军而奋斗"的号召。

● 四条训练方针是人民解放军现代化、正规化训练经验的总结，标志着人民解放军对新的历史条件下如何加强军事训练认识的深化。

● 在和平时期军队建设的各项工作中，应该突出抓什么，军队训练应处于什么地位？这是关系到搞好军队建设，提高部队战斗力的一个根本性问题。

党中央强调全军训练的重要性

1949 年，新中国成立之后，中国人民跨进了新的时代。在这种形势下，中央军委不失时机地提出了加强军队现代化训练的建议，同时也指明了军事训练在建设现代化军队中的重要作用。

1951 年 1 月，中央军委发出"为建设正规化、现代化的国防军而奋斗"的号召。在此之前，全军军事学校及部队训练会议确定了全军军事训练的基本方针：

在人民解放军现有素质——建军传统、军事思想及军事、政治、文化教养程度——基础上，用迅速而有效的方法，使部队士兵学会掌握现代兵器及其他军事技术，指挥员学会组织与指挥各兵种（步兵、炮兵、装甲兵、工兵、通信兵、交通兵、骑兵、化学兵、伞兵等）的联合作战与协同动作，了解参谋与通信勤务以加速部队的正规化和现代化建设。

1952 年 7 月，毛泽东在参观某军事学院的时候对战士们说：

军事训练是建设正规化、现代化的国防部队所不可缺少的重要的条件之一。

1953年1月，毛泽东对高级步兵学校的干部和战士们又说道："为了保卫祖国免受帝国主义者的侵略，仅仅依靠我们过去较为落后的作战装备和战术是不够的了，我们必须掌握最新的装备和随之而来的最新的战术。"

毛泽东继续说："今天我们迫切需要的，就是要有大批能够掌握和驾驭技术的人，并能够使我们的技术得到不断的改善和进步。"

1952年10月，中央军委发出指示：

从1953年6月1日开始，部队训练的重心转入以军事训练为主。为迎接这个训练，各大军区部队应在干部训练上有所准备。

因此，应采取分期轮训干部的办法，从明年1、2月间开始，实行军事干部的轮训，预习部队军事训练的各项课目，为开展部队军事训练准备条件。

1952年12月，中央军委为确保按时开训、统一训练思想、明确训练方针、解决正规军事训练的有关问题，

中央发出强军号召

召开了各大军区、各军兵种参谋长、政治部主任参加的会议。

会议强调：必须统一装备、统一编制、统一训练、统一制度，坚决贯彻命令、执行条令，政治工作必须与具体业务技术密切结合。

在这次会议上，军委军训部长萧克用铿锵有力的话对大家说："执行 1953 年度下半年训练计划必须做好的准备工作是：搞好各级干部集训；制订各级训练计划；完成任务保障工作；印发各种训练教材；做好训练动员工作。"

1953 年 6 月，全军在经过一系列准备工作之后，正规军事训练正式开始，同年 12 月 7 日至第二年的 1 月 26 日，中央军委在北京召开全国军事系统党的高级干部会议。

到 1954 年，颁布了训练计划大纲，规定训练内容由"部队训练"、"指挥员训练"和"司令部训练"等部分组成，指挥员训练和司令部训练在训练中占有非常重要的位置。

对于这一时期的干部训练，军委还特别强调"首长教育部属"的原则，要求按级学、按级教，防止一揽子包办代替和放任自流两种倾向。

这个原则要求首长亲自动手备课施教，在提高部属的同时也提高了自己，既有利于平时搞好训练，又有利于战时胜任指挥技术。部属既可以学到上级和本级的指挥技术，又能掌握训练下级的教学内容和方法。

在训练中，干部摸、爬、滚、打，亲自做示范，提高了组织训练的能力，促进了部队训练水平的提高。1954 年 5、6 月间，中央军委在北京组织全军高级干部进行集团军防御战役集训。参加集训的有总部、大军区、军兵种、军事院校领导干部及其他人员共 200 余人。

1955 年 11 月，叶剑英指挥了由陆、海、空三军参加的辽东地区军队抗登陆战役演习，中共中央、中央军委领导人观看了演习。

1956 年 10 月，中央军委召开全军训练委员会扩大会议，讨论训练体制改革。

叶剑英在会议上告诫大家："全军不能使用一个统一的实施计划，各级照例下达文书的做法，内容多系抄转，浪费人力、物力和时间，造成计划文书泛滥，并给部队增加繁重的负担。"

中央发出强军号召

形成部队训练的基本方针原则

自抗美援朝战争结束到 20 世纪 50 年代末，全军部队基本上处于和平时期，没有打过大仗。怎样保持部队高昂的斗志和战斗力，成为全军上下特别是统率机关关注和思考的大问题。

1958 年，中央军委发起反"教条主义"运动后，军委扩大会议决议提出以毛泽东思想为指针，"以我为主，参考苏军，照顾现在，适应将来，以劣胜优"，核心是"以我为主"，恢复和发扬人民解放军群众性练兵传统的军事训练方针。

时任军事训练与学术研究委员会主任的叶剑英元帅从五个方面阐述了"以我为主"的具体内涵：一是以毛泽东军事思想为指针；二是以保卫祖国的战略方针为依据；三是以总结人民解放军经验为主，有选择地吸取苏联及其他国家的经验；四是认真研究敌人；五是从国家和军队的现实情况出发，照顾到今后的可能发展。

叶剑英的阐释较为全面地概括了军事训练指导方针所应包括的各方面内容，规定军事训练必须"以我为主"，继承和发扬是正确的，但又不能故步自封，闭门造车，而要吸收和借鉴外军先进经验；要求军事训练既要立足现有条件，又要着眼作战对象，增强训练的针对性。"以我为主"军队建设方针是对新中国成立以来人民解放军建设实践进行总结和反思的产物，较为客观地反映了军事训练实际，揭示军事训练的本质规律，为全军指战员解放思想和转变观念奠定了基础。

在这一新的军事训练方针指导下，人民解放军重新编写条令和教材。中共中央和中央军委发出新的训练指示，提出恢复和发扬人民解放军群众性练兵的优良传统。广大官兵训练的积极性、主动性和创造性被激发出来，训练热情高涨，扭转"不走样的学苏军"、"以苏军为主"等不符合人民解放军实际的做法，为郭兴福教学法的出现创造了条件。

根据"以我为主"的军队建设方针，中央军委于1959年底又提出了四条训练方针：

> 全军研究毛泽东军事著作；继续总结人民解放军的经验，编出自己的条令；研究原子、导弹等条件下的作战与训练；有自学能力的干部应选读一部分马恩列斯的军事理论，军以上干部还应批判地选读克劳塞维茨的军事著作。

以上四条训练方针，是人民解放军对新中国成立后军事训练实践反思的结果。

中央发出强军号召

四条训练方针的核心是在军事训练中坚持毛泽东军事思想，强调要总结和发扬人民解放军几十年来建军、作战、训练经验，考虑中国国情、民族特色和地理特点，揭示人民解放军军事训练的发展规律，阐明学习外军训练经验与自己实际相结合的相互关系。

四条训练方针是人民解放军现代化、正规化训练经验的总结，标志着人民解放军对新的历史条件下如何加强军事训练认识的深化。

1960年初，中央军委向中共中央报告工作情况时提出："各级军事院校的学习内容应实行少而精的原则，凡可以不在学校学习的，和可以用自修办法学习的，则不应列入学校的课程。"

同年5月的全军院校工作会议明确提出"少而精"的思想："教学内容要精简，要压缩，把那些次要的东西坚决削减。"

1960年8月，在全军第八次院校工作会上，毛泽东说："武器的使用和训练士兵不需要很长时间。"

之后的军委扩大会议，再次提出："现在提出两个原则：一要少而精，二要短而少"，"少而精的精，就是要求精华，要求精通。无论政治、军事、文化教育都要少而精，部队、机关、院校的教育也都要少而精"。从此，"少而精"训练原则正式确立，并在全军迅速推广。

1961 年 5 到 6 月，各军区、军兵种训练会议相继召开，讨论落实"少而精"方针问题。

"少而精"方针与"四条方针"在同一时期提出，但相互之间并不矛盾。

"四条方针"明确了全军训练的总目标和总任务，"少而精"方针则是贯彻执行这一总任务的路线，要求在训练时间相对固定的情况下，突出重点、抓住关键，处理好质与量、专与博的关系。

"少而精"方针与"四条方针"两者之间是方向与道路的关系，既相互联系又相互区别。

在新的训练方针指导下，全军部队学习毛泽东军事著作，研究总结人民军队作战、建设、训练的历史经验，编写条令教材；大抓基础训练，建立"天天练、经常练"制度，广泛开展培养神枪手、神炮手、技术能手的"三手"活动；扎实开展战备训练和临战训练；推广郭兴福教学法，组织大比武竞赛，在全军掀起了轰轰烈烈的练兵热潮。

中央发出强军号召

叶剑英挑起全军训练的重任

1959 年 9 月，在中央军委提出训练方针和原则的同时，中共中央专门组成了新的军事委员会，叶剑英被任命为中央军事委员会常务委员。按照军委的分工，叶剑英负责全军的军事训练工作。

1960 年初，军委又专门批准成立军事训练和军事学术研究委员会，成员有叶剑英、粟裕、张宗逊等，叶剑英任主任。

这样，叶剑英在担任军事科学院、高等军事学院的院长兼政委，领导全军军事学术研究工作的同时，又肩负起了领导全军院校和部队的教育训练工作的重任。

叶剑英在致力于现代化的革命军队建设和主持全军的教育训练工作中，经常思考着这样一个问题：在和平时期军队建设的各项工作中，应该突出抓什么，军队训练应处于什么地位。这是关系到搞好军队建设，提高部队战斗力的一个根本性问题。

经过几年来的实际考察和摸索，叶剑英认为，必须在军队建设中突出军事训练的地位，继续在各级领导中牢固树立以军事训练为中心的思想。因此，他在军委召开的一些重要会议上，多次指出：军队在和平时期的中心工作是训练，军事训练是解放军建设和战争准备的一项经常性的重要工作。

当然，在和平时期，军队建设除了军事训练以外，还有其他各项工作。

叶剑英认为，要确立以军事训练为中心的指导思想，必须正确处理以下各方面的矛盾：（一）军事训练时间同政治、文化教育时间的矛盾；（二）军队训练与国防施工的矛盾；（三）军队训练与战备的矛盾；（四）军队训练与生产的矛盾；（五）军队训练与物资保证的矛盾；（六）军队技术训练与武器装备的矛盾；（七）军队训练同支援地方经济建设的矛盾；（八）军队训练与预备役训练的矛盾，以及条条、块块的矛盾等。

为了解决这些矛盾，叶剑英多次主持召开全军训练工作会议，并先后前往上海、无锡、南京、广州等地分别参加海军、空军、陆军训练工作会议，召开许多小型座谈会，和主管训练的同志一起研究问题，总结经验，以便充分取得指导训练的发言权。

经过叶剑英的大力倡导和艰苦的工作，各级领导对训练工作重要性的认识逐步提高，并采取有力措施，既突出了军事训练的中心地位，又保证了其他工作的协调发展，在全军范围内逐步掀起了群众性的练兵热潮。

1960 年，叶剑英在《关于军事训练问题向军委的报告》中，总结了前几年军事训练的经验。

叶剑英提出：全军军事训练应注意四个问题，即突出重点，抓住关键，反复练、经常练、勤学苦练，特别要在复杂、困难条件下练；掌握练的要领，讲究练的方法。海军在岸苦练、出海精练；空军在地面苦练、空中精飞；陆军在营苦练，野营精练；一切技术训练都是为了"开得动、打得准、联得上"，一切战术训练都是为了"合得成，摆得开，捏得紧"。

1961年5月后，《合成军队战斗条令》、《步兵战斗条令》和各军兵种条令、条例等陆续颁布试行。

1962年，中央军委发出了"备战整军，增加全训师，大搞训练"的指示。据此，各部队从实战需要出发，狠抓基础训练，突出技术训练。

驻边、海防和准备执行作战任务的部队，结合战区特点和作战急需，进行紧急战备情况下的适应性训练，如渡海登陆训练、特种地形和复杂气象条件下的训练。

有条件的部队还响应毛泽东"部队要学游泳"的号召，开展游泳及武装泅渡训练。

可以说，20世纪60年代严峻的战备形势，增强了各级抓好军事训练的紧迫感和针对性。

在全军军事训练重新起步的形势下，各级领导机关为了抓好部队的军事训练，深入基层，言传身教，发扬传统练兵方法，注意发现和培养典型，促进了军事训练的开展。

二、 创造郭兴福教学法

● 放眼望去，战士们在山下挖了几条堑壕，里面插着几个稻草绑的草靶。

● 8 天时间里，营地一直下着淅淅沥沥的雨，但战士们却整整在野外训练了 8 天，从军长到战士一个个都成了泥人。

● 谭友夫接过枪，做了个示范动作。只见他抱着枪向左面一滚，然后从另外一个方向冲向前去……

李德生蹲点发现练兵人才

李德生，河南省新县陈店乡人，1930年参加中国工农红军，1931年加入中国共产主义青年团，1932年转入中国共产党。

土地革命战争时期，李德生同志先后在鄂豫皖、川陕革命根据地红一军、红四军任战士、通信员、传令兵、班长、连政治指导员、交通队党支部书记，参加了黄安、商潢、苏家埠、潢光、嘉陵江等战役战斗，以及红四方面军西征。

在创建和保卫川陕革命根据地的斗争中，他不怕牺牲，英勇战斗，在川陕革命根据地反"围攻"的八庙垭战斗中，左胸被子弹打穿，因伤及神经，从此左手留下残疾。

他利用养伤时间，阅读了《红色战士必读》、《列宁学校读本》、《干部必读》等书籍，思想和文化水平得到明显提高。

1933年8月，他被推举为代表出席了川陕省第二届工农兵代表大会。1935年6月，因遭到诬陷，被撤销党支部书记和班长职务、开除党籍，但他仍然坚定听党话跟党走的信念，参加了长征，三过雪山草地，参加了包座、绥崇丹懋战役和百丈战斗。

1936 年 12 月，红四方面军到达陕北后，他重新入党。1946 年，晋冀鲁豫军区第三纵队党委决定，撤销张国焘错误路线时期对他的处分，恢复党籍，党龄从 1932 年重新开始算起。

抗日战争时期，李德生任八路军一二九师三八五旅七六九团通信排长、特务连连长、副营长、营长，太行军区第二军分区三十团团长，参加了百团大战、夜袭阳明堡日军机场的战斗和敌后抗日根据地的反"扫荡"斗争。

1942 年 5 月，日军纠集 2.5 万余人对太行根据地北部地区进行"扫荡"，他临危受命，沉着指挥，面对数十倍于己的敌人，带领全营抢占有利地形，粉碎了敌人一次次的疯狂进攻，成功掩护八路军总部和后方机关胜利突围。

1945 年 1 月，担任团长的李德生同志，主动请缨攻打日军马坊据点。他精心策划，周密组织，亲自化装成农民深入日军据点侦察，随后带领 82 名突击队员一举端掉该据点，全歼守敌。为此，延安《解放日报》头版发表了题为《长期侦察和坚决突击，太行我军收复马坊》的消息，并配发社论称这一仗是典型的歼灭战。

解放战争初期，李德生任晋冀鲁豫军区第三纵队七旅十九团团长。1946 年 7 月，任晋冀鲁豫野战军第六纵队第十七旅旅长，先后参加了上党战役和兰封战役，并率部随刘邓大军千里跃进大别山，参加了创建中原解放

创造郭兴福教学法

区的斗争。

在襄樊战役中，李德生所部十七旅在其指挥下英勇作战，活捉敌中将绥靖区司令官康泽，被中共中央记大功一次。率部参加淮海战役后不久，任第二野战军三兵团十二军三十五师师长，随后率部参加渡江作战，直取徽州、金华、杭州等地，并参加解放重庆、成都的战斗。

中华人民共和国成立后，1951 年 3 月赴朝参加抗美援朝战争，任志愿军第十二军三十五师师长，参加了第五次战役和金城防御作战。

1952 年 9 月任十二军副军长，11 月出任上甘岭战役前线总指挥，参加指挥了著名的上甘岭战役。荣获朝鲜民主主义人民共和国一级国旗勋章。

回国后，1955 年 9 月任中国人民解放军第十二军军长，1957 年入南京高等军事学院学习。

在中央军委大力加强军队军事训练的号召后，李德生积极响应，立即召开会议，传达了中央军委的全民练兵精神。

1961 年的一天，李德生在军部主持召开了军事工作会议。会议传达了中央军委关于练兵的指示精神，部署了年度训练任务。李德生在会上发言说：

现在军委训练方针、原则和要求都非常明确，但训练方法不改革，就难以落实。我们的任务是过河，没有桥和船就过不去，解决好训练方法问题，就像解决过河的桥和船。

李德生认为，要找到正确的训练方法，必须到实践中去，到群众中去，于是要求 9 个步兵团的团长每人抓一个班的试点，摸情况，探路子。

会议结束后，根据会议精神，与会同志马上回去布置训练工作。所有的战士都显得很踊跃，整个军营气氛十分热烈，战士仿佛进入战场一般。

在战士纷纷投入训练的时候，李德生也带着军事训练中的问题和军、师、团联合组成的工作组，来到了军营里进行察看。

一天，李德生来到第一○○团第二连蹲点。第一○○团是一个具有光荣传统的老红军团队，第二连更有辉煌的历史。

第一○○团曾经先后参加了挺进大别山、渡江作战等上百次战斗，第二连 8 次荣立战功，涌现出 120 多名战斗英雄和模范，其中就有被朝鲜民主主义人民共和国授予"共和国英雄"称号的伍先华。

当天上午，李德生早早来到了训练场。他身经百战，深知"以练为战，把兵练活"的重要性。在批判了训练中的教条主义后，部队训练该如何搞，是李德生一直在思考的问题。

这个时候，天空飘浮着朵朵白云，山坡上人影晃动，

创造郭兴福教学法

017

很多人在观看战士们的训练。放眼望去，战士们在山下挖了几条堑壕，里面插着几个稻草绑的草靶，这些人形的草靶就是战士们的训练对象。

战士们看到首长前来观看，他们的劲头更足了。李德生面带着笑容，到处走着看着，时而和指导员进行交流，时而为训练的战士加油。

李德生看到，在堑壕正前方 70 米处，有 10 多个战士一字摆开。他们刚做完利用地形地物在敌人炮火下运动等训练，现在来到堑壕下面训练冲击动作。

在队伍最前面，站着一个一点八米出头、虎背熊腰的彪形大汉。他皮肤黝黑，声音洪亮，他的每一个动作都吸引着大家的目光。

此外，这个大汉的腰间别着手枪，皮带上插着一面小红旗，手里端着步枪。不用说，这一定是指挥大家进行训练的。

突然，大汉用洪亮的声音说："上面我讲了冲击动作'勇'、'猛'、'准'的要领，现在来讲'狠'字，你们一定要牢牢记住！"

大汉用手向前一指："堑壕里面就是敌人，我们对敌人要不要狠？"

战士们也响亮地说："要狠！"

李德生指着那个大汉问随同的作训参谋："那个指挥训练的是谁？"

参谋回答说："二连副连长，郭兴福。"

李德生认真地看着，并感慨地说："这个年轻人不错，我看可以重点培养！"

郭兴福是二连副连长，1930年出生在山东省邹平县一个贫农家里。幼年丧父，因家境贫寒，只读了几个月的书就辍学了。

1942年，在他12岁的时候，家中的生活难以维持下去，为了混一口饭吃，他到国民党一个保安团当了勤务兵。

1948年9月，济南获得了解放，郭兴福也从此开始了新的生活，他参加了中国人民解放军。

参军后，郭兴福被分到华东野战军第十三纵队，在那里他当了一名普通的战士。他先后参加了淮海、渡江、漳厦等战役，因作战勇敢，立过三等功，不到一年就光荣地加入了中国共产党。

1951年2月，21岁的郭兴福被推荐到第十四步校进行学习深造。在步兵学校4年多的时间里，他学习十分刻苦，多次受到学校的表扬。

当时学校开设了战术、射击、军事地形学等18门课程，郭兴福13门优秀，5门良好，毕业成绩为"上等"。毕业后被分配到南京军区某师军士教导营任排长，这是一个培养班长的训练单位。

在军士教导营工作的4年里，郭兴福把分队战术和技术训练摸了个透熟，这为他后来形成一套先进的教学方法奠定了坚实基础，也是他被李德生将军发现的一个

创造郭兴福教学法

重要因素。

看了郭兴福的表演后，李德生将军久久不能平静。他被郭兴福所具有的军事教练员的良好形象和素质所吸引，感到这个人在未来能成为一面旗帜。

李德生对身边的人说："我们军多几个这样的人才就好了，但是，还必须对他进行培养！"

身边的人附和说："是啊，我们的部队缺乏正确的训练方法，我们的确有必要进行改革。"

李德生他们说这话当然是有感而发，但在这次蹲点期间，还是发现许多问题的。

通过观察，李德生发现，战士们练兵热情很高，但领导部门和干部，在教学中却缺乏灵活性，或马马虎虎地走过场。

在射击训练时，虽然干部检查预习忙得团团转，可是战士趴在那里，半天只能瞄几枪，说是："练射击，磨肚皮。"

对战术作业编的顺口溜是："做起来一条线，卧倒一大片"，"进攻满山跑，防御没事干"。训练中无章法，无目标。

为了训练有好成绩，有的连队在实弹射击时，专选无风无雨的好天气来打靶；练战术，则挑无障碍，无坡度的平地进行。

这样练出来的兵，怎么能拉到战场上去打仗？必须让干部战士清醒过来。于是，李德生想出了一个主意。

一天，李德生对第二连进行了一次检验性的，带战术背景的，事先不打招呼的实弹射击考核。

李德生为第二连安排的考核题目是：敌人在离营区十几里以外的三角山空降，第二连的任务是全连立即紧急集合，跑步前进，消灭空降敌人。

第二连全副武装跑了十几里以后，他又命令：改变方向追击敌人！

一路上，这个连队翻了十几个山头，蹚过三道河流，来到了三角山下，这时，第三十四师全师的连以上干部，都已集合在这里看第二连的动作。

到达指定地点后，郭兴福发现，全师连以上干部已集合在这里，李德生军长也在这里。

部队一到，李德生立即命令：全连对准36个靶子，进行实弹射击，8分钟内射击完毕。

结果，这个在军里被认为是训练好的先行连队，只勉强打了个"及格"，由此可见，全军的训练会是个什么状况了，李德生不由得皱起了眉头。

创造郭兴福教学法

进行军事训练改革试验

1961年初的蹲点考察后，李德生的心情久久不能平复，他为部队存在的训练与作战脱节等问题感到担忧。

李德生回去以后对身边的人说："战士们练兵的劲头很大，但训练教学机械呆板。干部'填鸭式'地教，战士照葫芦画瓢地学。所以，一定要改变部队的训练方式！"

当天晚上，李德生就与一起进行考察的工作组召开了会议。经过认真讨论研究，他确定采取"抓典型、树标兵，突破一点，推动全盘"的思路，在第二连进行从单兵、战斗小组到班的战术训练改革试验。

同时，会议还确定了3名参加过解放战争和抗美援朝作战的干部任教练班长，其中就有被李德生看中的郭兴福。李德生决心把郭兴福培养成为军队的一面旗帜。

根据安排，3个教练班长的分工分别是：军作训参谋宋文皋教班战术，师作训参谋吴亚东教单兵战术，郭兴福教小组战术。

任务明确后，李德生把3个教练班长编入到了第二连党支部，在党支部的领导下，组成一个战斗集体。

同时，军长和副军长"跟班作业"，其他军、师机关干部都换上了中尉、少尉、上士、中士的军衔，官降几职，衔降几级，编到排里、班里工作。

另外，为了确保实验的成功，李德生还专门把第二连和另一个团的第七连抽出来，以保证精力，避免干扰，让他们全力参与训练改革。

要进行改革，当然并非那么容易，首先要面对的就是别人的置疑。有一些想不通改革的人问："船"和"桥"在哪里？战士训练怎么搞？

既然决心改革，李德生当然已经胸有成竹。他不慌不忙地对大家说："按照我军数十年的实践经验做，发扬军事民主，到群众中找，破旧立新。"

光耍嘴皮子也不行，改革最主要还是看成果。因此，在李德生的指挥下，宋文皋、吴亚东和郭兴福立即投入到工作中去了。

三个人每人带一个班进行战术训练。他们天天摸、爬、滚、打，一边练，一边研究，一边分析，一边改进……

在训练进行的最初 8 天时间里，训练营地一直下着淅淅沥沥的雨。尽管如此，战士们并没有一次暂停训练，而是整整在野外训练了 8 天，从军长到战士一个个都成了泥人。

在这 8 天的训练中，郭兴福表现突出。他既有较为丰富的实战经验，又有扎实的"科班"训练基础，还有过四年教导营的带兵经验，可以说素质全面过硬。

在指导战士进行训练时，郭兴福脑子灵活、示范动

创造郭兴福教学法

作标准、领悟问题快，接受能力强，表现出一个优秀教练员的潜力和素质。

8天后，第十二军营级以上干部参加了一次训练会议。这次会议与以往不同，没有领导们讲话，而是观看3个班进行实战训练表演。

观看表演前，李德生告诉干部们说："大家不但要认真听，更要认真看，有什么看法待会儿再讨论！"

训练开始了，只见战士们个个全副武装，精神抖擞地大步走出来，他们都想拿出最好的成绩让首长看看。就这样，3个班的战士依次进行了一次精彩的训练表演。

最后，与会的同志就观看到的景象发表了自己的看法。大家一致认为，虽然表演并不完美，但是可以明显看出与训练前的差异，这说明训练是有效果的。

对于初步的成果，李德生显得非常的高兴，他在会议的最后，向战士们提出要求说："训练改革试验继续深入进行！"

就这样，分队训练改革继续深入开展。时光如飞，转眼已经到了春节。这时，天气已经非常冷了，可是战士们的作业依然全部在室外进行，有时一练就是一整天，晚上还要熬夜为第二天的训练研究教案。但是，三个人却没有一个人喊过累。

在4个月的时间里，三个教练和三个训练营的战士们谁也没有离开训练场半步，连春节也是在训练场里度过的。包括军长李德生，在指挥所里根本见不到他的影子，要是有人找他，到营地去找一定是一去一个准。

4个月时间，转瞬即逝，天气渐渐暖和起来。这时，训练改革项目也已经基本成型，开始进入到最后的验收阶段了。

这个时候，李德生再次召集军队里所有参过战的营以上军事主官，要求他们要用实战的眼光来对三个改革项目评判，对3个人的教学进行论证鉴定。

最后的关键时刻就要到来了，改革实验成败与否，就要看这最后一搏了。1961年5月，第十二军召开了营以上军事主官现场会，他们现场观看了3个试验班的现场汇报表演，并进行了评价。

在会议上，李德生军长谦虚地对大家说："这次试验，不是示范，是抛砖引玉，大家要用是否符合实战要求这把尺子来衡量，挑毛病，找问题，想点子。"

观看表演这些干部都是有实战经验的老军人，他们在看了3个试验班的精彩表演后，畅所欲言，都发表了自己的看法，还提出了100多条意见建议。

其中有一个干部说："3个战术课题的作业，突破了过去模式化的那一套旧程式，有别于我军传统的练兵方法，看了很受启发。"

另一个干部说："我看二连副连长郭兴福任教的小组战术最好！他吸取了班战术和单兵战术教学的优点，要求严格，教得比较活、比较细……"

可以看出，这些老军人对于改革实验是认同的。而对于三组训练班，郭兴福无异表现得最为出色，也得到了大家的一致认可。

听了大家的看法，看了大家的建议，李德生对郭兴福的表现十分满意。他笑着对大家说："我第一次见他的时候，就说他是个人才，果不其然啊！"

其他干部纷纷说："的确是个人才。"

郭兴福的出色表现令李德生很欣慰，但是他对这次战术改革试验的单兵战术还不是很满意。经过思考和讨论，他决心集中力量从单兵抓起，并指定由郭兴福带领二连继续进行单兵训练试验。

一天，李德生找到了郭兴福。他说："由你指挥大家进行训练，有没有信心完成任务啊？"

郭兴福嘿嘿一笑，露出洁白的牙齿，他自信地向军长报告："我一定会做得更好！"

看着自己手下的干将，李德生感到欣慰和自豪，情不自禁也笑了。最后，他拍着郭兴福的肩膀说："我相信你，任务艰巨，你要努力啊！"

郭兴福马上站定，两脚并拢，向李德生敬了一个标准的军礼，用洪亮的声音说："是，请首长放心！"

郭兴福教学法逐步形成

1961年夏天的一个早晨，太阳刚刚升起，第二连就接到上级紧急战备集合的命令。根据命令，第二连要全副武装进行长途跋涉，中间还要翻越高山，穿越急流，最后进行射击。

为了搞好这次紧急训练，李德生还向郭兴福传授他当年亲身参加延安留守兵团开展群众性练兵的经验体会，让郭兴福深刻领会训练方针的精神实质，即一切从实战要求出发的道理。

通过一个上午的试验，效果显示并不理想。下午，李德生把郭兴福找来了。

李德生问："在深山密林里，刮着狂风，下着暴雨，既没有地图，又没有指南针和向导，你们连能不能夜行百里？"李德生的语气带着威严，但是并不生硬。

郭兴福回答说："根据现在的情况，不行！"

李德生又问："在各种距离上，在表尺规定的射程内，不论出现什么目标，你们连的战士能不能一举枪就把敌人消灭掉？"

郭兴福想了想说："还是不行！"

李德生第三次问："在200米以内，在猛烈的炮火下，你们连的战士能不能勇猛地冲上去，用刺刀、枪托消灭敌人？"

郭兴福还是那两个字："不行！"

李德生一连串的问题让郭兴福一下子感到了巨大的压力，前期成功的喜悦一下荡然无存。

李德生叹了口气，他一字一顿地对郭兴福说："训练是为了打仗，不是为了摆花架子，一定要从实战要求出发，要练出过硬的本领。"

郭兴福虽然心里在翻滚，但是他却丝毫没有表露出来。他"叭"的一个立正，一脸坚毅地答道："是，我回去好好想想，一定让战士按实战的标准要求自己！"

这天晚上，郭兴福躺在床上翻来覆去睡不着，他满脑子都是李军长那严厉的"三个问题"。该怎么让战士练就过硬的本领呢？郭兴福思索着，最后下定决心，对战士进行更加严格的实战训练。

第二天，郭兴福按照李德生的指示，严格要求战士们进行实战训练。他们不怕苦，不怕累，走出军营到野外去锻炼自己。

一天，遇上暴雨，李德生冒雨赶来动员："打仗是不分季节和天气的，在抗美援朝战争中，有时零下40多度还在打仗。平时训练也要不分季节气候，下雨正是苦练硬功的好机会。"

战士们被军长的话感染了，纷纷说："是，请首长放心，我们不会让您失望的！"

就这样，郭兴福带领着战士们在风雨里加紧苦练。

李德生就是用这种方法让郭兴福领会训练方针，而郭兴福也是这样把李德生的指示和要求融入到教学中去，逐步形成了独特的教学方法。

经过一段时间的艰苦训练和摸索，郭兴福的教学水平大大提高。他教的单兵进攻战术，没有模式化的东西，给人一种焕然一新的感觉。

看着部下的不断成长，李德生长舒了一口气，心里也为自己改革实验的成功而感到由衷的高兴。

但是，因为李德生是十二军的军长，全军很多事情都等着他去处理，他不能长期蹲在二连，于是决定委托副军长谭友夫来指导郭兴福进行训练试验。

谭友夫原名谭幼福，1917 年生于河南省新县卡房乡古店村谭家洼，1929 年投奔中国工农红军参加革命，1931 年加入中国共产主义青年团，1932 年 8 月由团转入中国共产党。

1935 年 6 月谭友夫参加了长征。卢沟桥事变后，其编入一二九师，随后入延安抗日军政大学学习，担任五大队政治干事、政治指导员。

谭友夫 1938 年 7 月任太行军区抗大一分校指导员，太行决死队第三纵队教导员、政治部总支书记、团政治委员。1943 年，谭友夫入延安中央党校学习，后到山西新军开展抗日统一战线工作，独立发展中国共产党抗日武装，组建了"壶关独立营"，不久，又组建了晋东南保安第九团。参加了"百团大战"。

創造郭興福教学法

解放战争时期，谭友夫任晋冀鲁豫野战军第八纵队二十三旅六十七团政治委员，中原野战军第四纵队十二旅政治部主任，陕南军区第十二旅政治委员，安康军分区司令员。参加了平汉战役、宛西战役、中原突围、淮海战役和渡江战役等。

中华人民共和国成立后，谭友夫任中国人民解放军安康军分区司令员，率部进驻安康地区剿匪，先后荣获二等功、三等功及战斗英雄等勋章共11枚。

1952年谭友夫入军事学院高级速成班学习；1955年毕业后任中国人民解放军第六十军副军长，第十二军副军长，南京军区司令部副参谋长，南京军区后勤部长，安徽省军区副司令员；1955年被授予少将军衔。

李德生找到谭友夫副军长并对他说："我不能长期待在这里，我就委托你监督他们训练吧，一定要好好培养郭兴福啊！"

谭友夫一听，立即哈哈大笑说："你放心好了，这么好的苗子，我一定让他'苗壮成长'！"

谭友夫副军长说到做到，他虽然身体没有郭兴福强壮，还患有气管炎病，可他抓起训练来那可是一点儿也不含糊。他经常深入训练场，传经验、带作风、做示范，大大提高了郭兴福的训练水平。

郭兴福教学法水平的提高凝聚了第十二军官兵的集体智慧。各级领导对训练工作可谓倾注了大量心血，在各方的关心和指导下，郭兴福教学法逐渐形成。

郭兴福本人很坦率地说："虽然我们的单兵进攻作业开始的教学法，被总参《军训通讯》副总编郝云虹同志冠上我的名字，叫作'郭兴福教学法'，但这种方法却是集体智慧的结晶。"

郭兴福教学法的形成其实是第十二军许多人共同努力的结果，与军长李德生，政委史景班，副军长谭友夫、官峻亭，副政委王翀、张春森、宋佩璋，副师长武效贤，团长任保裕，参谋余西祥、宋文皋、吴亚东等人的付出是分不开的。

李德生不仅慧眼识人，是发现郭兴福的"伯乐"，还亲自教他怎样在练兵中发扬民主、挖掘战士的智慧和提高官兵练兵的自觉性，以及如何激发战士对敌人的仇恨心理等。

李德生还私下找郭兴福谈话，常常对他说："你应树立对战争负责，对人民负责，对战士负责的思想，自觉地严格训练，严格要求。"

几位领导工作再忙也要抽时间到现场检查。有一次，外边下着很大的雨，郭兴福和战士们又在农村宿营。

这时，李德生想到现场看看，然而在途中他乘坐的车子陷进了泥水里，为了赶到现场，他硬是徒步走到郭兴福和战士们的宿营地。

还有一次，郭兴福在给战士们做转移射击位置的示范动作。当时他拿起枪从原地爬起来就向前冲，却一下子被谭友夫副军长叫住了。

创造郭兴福教学法

谭友夫对郭兴福说:"从原地爬起,正好给敌人当靶子,和敌人斗,就要多长几个心眼。"

只见谭友夫接过枪,抱在怀里,然后向左面猛地一滚,乘势而起,从另外一个方向冲向前去……

郭兴福不由得暗暗点头,他把副军长的话牢牢记在心里,他明白了训练一定要有高度的敌情观念才行。

后来,谭友夫又发现郭兴福冲击动作不够快,立即明确告诉他:"一发起冲击,就应该勇猛迅速。快,就能减少伤亡,就能争取主动。"

还有一次,郭兴福教战士练习爆破动作,可是连续教了两遍,战士还是没学会,他就有些不耐烦了,脸上显示出不快的神色。

谭友夫看到这个情况,立即要求郭兴福停下到一边观看,然后他接过炸药包,反复做给战士看,并讲清要这样做的道理。

战士们很快就学会了这个动作,谭友夫拍拍郭兴福的肩膀说:"你想想,你刚到革命部队什么都会吗?所以,不要急躁,慢慢来!"

谭友夫还对郭兴福说:"要善于做好训练中的思想政治工作。"

宋文皋曾和鬼子面对面拼过刺刀。他也把自己的切身经验和体会毫无保留地传授给郭兴福。

后来,军政委史景班也来到了二连,他动情地向郭兴福和战士们讲了二连的光荣历史,他嘱咐郭兴福说,在训练中一定要抓好思想工作，因为只有思想进步了，训练才能上得去。

武教贤副师长也经常来到现场指点郭兴福。为了提高郭兴福在教学中贯彻群众路线的观念，武教贤副师长给战士们讲了解放战争时期全军闻名的团结互助模范王克勤的故事：

王克勤于 1939 年被国民党军队抓去当兵，1945 年 10 月被解放军解放，参加了中国人民解放军，1946 年加入中国共产党。

他历次战斗英勇顽强，曾 9 次立功，被评为"一级杀敌英雄"、"模范共产党员"。他对同志怀着浓厚的感情，处处关心帮助战士，对伤病员更是体贴备至。

他创立了思想、技术、生活三互助的带兵方法，对带领新兵，团结改造被解放的战士起了很大作用。

1946 年 12 月，延安的《解放日报》发表社论，号召全军开展学习王克勤运动。1947 年，王克勤在山东定陶战斗中牺牲。

晋冀鲁豫军区司令员刘伯承、政委邓小平发出唁电，称赞他"为中国人民的解放事业创造了新的光荣的范例"。他生前所在排被命名为"王克勤排"。

创造郭兴福教学法

王克勤的事迹大大启发了郭兴福。在以后的教学中，他逐步形成了"善于放手发动群众，虚心向群众学习，注意发扬军事民主"的教学思想。

此外，各级领导在思想作风上也严格要求郭兴福，不允许他有半点的马虎。

郭兴福每次外出表演回来，都要到谭友夫那里汇报工作。谭友夫一听到哪里做得不好，就会严厉批评郭兴福，让他以后改正。

不仅如此，郭兴福教学法的完善也融入了南京军区其他部队的有益经验。1961 年夏，总参军训部处长、《军训通讯》杂志副主编郝云虹观看郭兴福教学法现场表演后，建议定名为"郭兴福教学法"，决定帮助将这套行之有效的训练方法向全军宣传和推广，同时指出一些问题，建议进一步提高。

南京军区领导高度重视，发动广大官兵群策群力，集智攻关，进一步提高和完善郭兴福教学法。

军区司令员许世友在组织基层教练员集训观摩郭兴福教学法时，要求大家"既当学生，又当老师"，"不要光讲好的，看到缺点也要及时讲"。

正是在各级领导的指点和关怀下，郭兴福才一步步地成长，最终形成了独特的教学方法，并迅速在全军得到推广。

三、 推广郭兴福教学法

- 在广阔的田野里，郭兴福大声喊："冲锋的时候，射击要准，投弹要远，刺杀要狠！"

- 郭兴福趴在地上"唰唰"地匍匐前进，突然又纵身跃起，向前冲击。他一边前进，一边射击，一边投弹，一边射杀……

- 郭兴福教学法是我军传统练兵方法的继承和发扬，是领导培养、群众支持和他个人努力的结果。

采访组观看郭兴福教学表演

1961 年 7 月的一天，正是炎炎夏日。这天一大早，太阳还没有升起来，空气中已经充满了火焰。

这时候，在一片广阔的田野里，出现了一个粗壮魁梧的汉子，只见他大声喊："冲锋的时候，射击要准，投弹要远，刺杀要狠！"

接着，这个看起来不应该太灵活的黝黑汉子竟趴在地上"唰唰"地匍匐前进起来，突然他又纵身跃起，向前冲击。他一边前进，一边射击，一边投弹，一边射杀……

这个看起来有些粗笨可动作却异常灵活的汉子就是郭兴福，他这是正在苦练冲锋动作。

进入夏季以来，十二军特别抽调了 4 个参谋帮助郭兴福进行教学和训练总结，以便把"郭兴福教学法"形成文字，扩大影响。

在训练过程中，郭兴福身边的四人"智囊团"一直紧紧跟随。他们需要认真研究推敲郭兴福的每一个动作，每一句话，并写出相关的教学笔记。

无论对于郭兴福还是"智囊团"，这都是一个艰难的过程。郭兴福为了尽量把"教学笔记"形象地表现出来，常常一个人跑到野外进行千百次实际操作的训练，目的只有一个，那就是把每一个动作都做标准，做清晰，这其中的艰苦是常人难以想象的。

经过一段时间的积累，教学笔记越来越厚，李德生决定对这个教学笔记进行一下实际检验。

为此，李德生特意招来了20多个新战士和老战士，以及10多个连排长，他们在没有人指导的情况下，完全按照教学笔记进行操作，结果表明，效果非常好。

之后，李德生又决定让郭兴福到全军去表演，他要让十二军的成果放在全军的面前，接受全军的检验和推敲，这是需要很大勇气的。

在李德生的带领下，郭兴福小分队先后出现在各个师团，所到之处，他们的表演都获得了大家一致的肯定。大家纷纷表示，郭兴福的训练方法值得学习，部队掀起了新一轮的训练高潮。

随着李德生和郭兴福的足迹的延伸，郭兴福教学法越来越为全军所了解，名气也越来越大，并且开始走出了十二军，走向了全国各军区。

1961年8月的一天，总参军训部处长兼《军训通讯》杂志副主编郝云虹听说了这件事，决定进行一次实地采访。他率领采访组，专程来到了浙江金华。

经人介绍，郝云虹见到了李德生军长。了解到对方来意后，李军长高兴地介绍起正在进行的训练改革试点情况，并邀请采访组观看郭兴福教练的单兵进攻战术。

南国八月，正是一年中最热的季节，采访组来到的这一天，气温高达 37.5 摄氏度。但是战士们听说采访组的到来后，丝毫没有懈怠，他们一个个精神抖擞，争先发言，认真演练；他们正误对比，严格纠正，抢着示范。

在李德生的带领下，采访组来到了一个小高地设置的战场上。在这里，郭兴福做了一次战士教学表演。

只见炮火弥漫中，郭兴福拿着上好刺刀的步枪，高喊杀敌口号，勇敢地冲向了"敌人"。他首先开枪打"死"了战壕内的"敌人"，接着又端着刺刀刺向正面扑上来的"敌人"。一连串娴熟的动作，让人惊叹。

接着，郭兴福在定格刺杀的动作上，他大声问后面涌上来的战士们："对敌人要不要狠？"

"要狠！"

"怎么狠？"

"坚决消灭！"

"对！"

"对"字刚出口，郭兴福手中锋利的刺刀已然出手，狠狠地插在了"敌人"的前胸上。

接着，郭兴福又问战士们："刺刀断了怎么办？"

战士们的回答斩钉截铁："用枪托打！"

郭兴福又问："枪托断了呢？"

战士们的声音更加响亮："用石头砸，头撞，手掐，牙咬……"

郭兴福他们精彩的表演让采访组的同志们一个个看得目瞪口呆。虽然只是在训练场，却让他们分明看到了战士们一个个像小老虎一样冲锋在沙场上。

在演练的最后，郭兴福向战士们宣讲了在作战中应有的战斗作风。郭兴福说："只有平时多流汗，战时才能少流血！"

时近正午，炎炎烈日炽烤着大地，地上仿佛下了火。每个战士皮肤都晒得黑黑的，泛着油光。他们的衣服早已经完全湿透了，大颗的汗珠顺着脸颊直流……

战士们不怕酷热，不怕火辣辣的阳光，每一个动作都极其仔细，每一句话都那么铿锵有力，让采访组看到了一群真正的勇士，他们心中也像战士们一样，充满了火一样的激情。

推广郭兴福教学法

全军宣传推广郭兴福教学法

　　1962 年夏季的这场表演，让总参军训部郝云虹处长看得十分过瘾。他一边看表演，一边不停地对身旁的人说："我从来没有见过这么精彩的战术作业！"连汗水都忘记擦了。

　　一起来的采访组成员们纷纷说："是啊，真是太精彩了。郭兴福的教学方法值得我们在全军进行推广！"

　　郝云虹一边点头一边说："是的，我们准备写一篇报道，好好向全军介绍一下这个新事物。"

　　说着，郝云虹转身问李德生军长："郭兴福的这项训练教学改革叫什么呢？"

　　这一下倒把李德生问住了，他停顿了一下说："是啊，教学方法出来了，不过还没有具体的名字。"

　　李德生一边说，一边转头向在场的军队干部说："大家一起想想，看该叫什么名字好。"

　　为了给这个新事物起一个好名字，在场的军、师、团各级领导都绞尽脑汁。当时有的说叫基础教学法，有的说叫单兵教学法，还有的说"孩子都生出来了，随便叫个什么名字都行"。

　　李德生哈哈大笑，他看着郝云虹说："郝处长，你看叫什么名字好？"

郝云虹脑筋一转，风趣地说："你们生了孩子，我给起个名，看看是否合适，就叫郭兴福教学法吧，这样好记，与别人的也有区别，或许能叫得响。"

听了郝云虹的这个建议，李德生等人觉得名字倒是不错，可是他们又觉得如果叫"郭兴福教学法"，在内部是没什么问题，只是要是到别的地方，不知道会不会让人接受……

这些在沙场上决断英明的战将们，却在为一个名字犯起了犹豫。最后还是李德生拍板定案，就叫"郭兴福教学法"。

就这样，"郭兴福教学法"正式诞生了！

时间一闪而过，郝云虹带着采访组在见识了一场火热的军事演练后，回到北京。在北去的列车上，大家心中都燃烧着一团火，这是为"郭兴福教学法"而燃起的热血情怀，他们迫不及待要用文字表达出来。

一到单位，郝云虹立即动手写了《彻底革新训练方法落实少而精原则——二连单兵训练经验》、《郭兴福单兵小组教学实施笔记——进攻中的战士》两篇文章。

郝云虹从来没有感觉写作像今天这样轻松，一切好像都已经在心中完成，只不过是把它写出来而已，根本用不着遣词造句。

10月2日，总参军训部《军训通讯》为介绍与推广郭兴福教学法专门出了增刊。该期《军训通讯》刊登了《彻底革新训练方法使少而精落实——二连单兵战术训练

推广郭兴福教学法

的经验》、《郭兴福单兵小组教学实施笔记——进攻中的战士》两篇文章，并专门增加了《既严又活》的评论员文章，扩大发行至全军连以上单位。

评论中说：看了金华部队一〇〇团二连副连长郭兴福同志的单兵战术训练的教学法和《野外作业实施笔记》受益颇多。为了使他们的好经验和广大基层干部直接见面，我们单独出了这一期增刊，把发行范围扩大到连。认真研究一下增刊中的两篇文章，是可以从中吸取不少有益的经验的。

文章指出，"郭兴福教学法"的经验很多，读者可以结合自己的情况从多方面去探讨。并且在文章中专门探讨了"严"、"活"两个字的经验。

"严"主要是指严格质量要求。这就是说，要练好基本功，必须扎扎实实地训练，必须把紧质量关。这样，每练一个动作，就有一个动作的实效，有效地克服了摆形式、走过场、野外赛跑的毛病。

至于"活"，文章中指出，二连教练员郭兴福的训练，到处洋溢着指战员们积极主动的精神。这就是把兵练活的标志。

这是郭兴福教学法头一次走向全军，尽管当时还不够成熟、不够完善，但已展现出了其强大的生命力。

南京军区大力推广郭兴福教学法

1962 年初，郭兴福第一次到南京汇报作业。正是数九寒天，北风呼啸，一列武装整齐的战士，冒着冷风，站在一片平川上，听副连长郭兴福下达开始演习的命令。

"同志们"，身材高大的郭兴福挥动着手里的小红旗，指着交错的堑壕和泥泞的麦田说："现在，我们组织一次战斗小组攻防对抗作业。攻的，守的，都要把全套本领拿出来，看谁更勇敢，更灵活，更过得硬！"

郭兴福的眼光从排头扫到排尾，他大声说："天冷，地湿，地形比较复杂，情况比较艰苦，大家考虑一下，能不能完成任务？"

"能！"战士们齐声回答。

……

南京军区司令员许世友和副司令王必成观看了他的教学方法，均连声赞好。王必成笑呵呵地握着郭兴福的手，简直是赞不绝口："教得好！教得好！你把思想教活了，动作也练活了，向你学习！"

听了首长们的表扬，郭兴福当然是深受鼓舞，他谦虚地回答说："这都是各级领导培养的结果，我会继续努力的！"

看到郭兴福这个五尺汉子面对赞扬，没有一点自矜

推广郭兴福教学法

的神色，王必成更是赞赏不已。他说："好，我期待你更好的成绩！你有信心吗？"

郭兴福毫不犹豫地大声回答："有！"

看了郭兴福的表演后，王必成一方面向军区党委建议在军区范围内普及，另一方面向南京军区有关部门作了三点重要指示，其内容如下：

> 步校毕业班学员，要把这一套教学法学会了才能毕业分配；军区司令部组织郭兴福到全区部队巡回表演；做好推广郭兴福教学经验的宣传报道工作。

其实，在南京军区中最早发现并提出要推广郭兴福教学法的正是王必成副司令员。而且，这次郭兴福之所以能够带队到南京军区进行表演，也主要是他的功劳。

王必成于 1960 年 11 月调任南京军区副司令员，成为司令员许世友的得力助手，专门负责军事训练。上任以来，他很早就想抓个教学典型，可是一直未能如愿。

1961 年 10 月，王必成看到《军训通讯》介绍的郭兴福教学的情况后，非常高兴。不过他还是有些怀疑，于是决定让郭兴福和表演分队到南京做一次表演，他想实地观摩一下，看看郭兴福水平到底如何。

结果郭兴福不负众望，王必成以敏锐的目光洞察到了郭兴福教学法的本质和内涵，看到了教学法对于当时开展军事训练的重要作用和意义。

在王必成的倡导下，南京军区首长和领导机关马上行动起来，他们一边在军区范围内组织推广，一边帮郭兴福继续完善和提高教学法。

1962年3月，南京军区司令部和政治部联合发《认真学习郭兴福教学法的通知》，其主要内容如下：

> 郭兴福在单兵、小分队战术训练中，在军、师领导的帮助下，摸索出了一套较好的教学方法。前些日子，他带领战士到南京步校和某部进行了表演，获得一致好评。最近，他们还将到其他部队进行巡回表演。
>
> ……
>
> 要求全区部队：
>
> 一、要进行广泛的宣传教育，号召部队学习郭兴福的训练是为了打仗的指导思想，勤勤恳恳的教学态度，刻苦钻研、虚心学习的教学精神，依靠群众、踏踏实实的教学作风，良好的教学方法。
>
> 二、各级主管训练的干部应深入连队，组织推广，帮助连队具体运用和发展郭兴福的教学经验。并且要注意发现自己的典型，树立自己的标兵，培养出更多的像郭兴福那样的优秀教练员，用典型指导训练。

推广郭兴福教学法

三、郭兴福的教学思想、态度和方法，不仅适用于战术训练，而且也适用于各项技术训练。因此，各单位要结合本部队训练需要，广泛运用。

四、推广郭兴福教学法时，要注意从实际出发，因地制宜，强调扎扎实实，讲究实效。只有这样，才能达到推广郭兴福教学法，以提高训练质量，练好200米内的硬功夫，把训练工作提高到一个新水平的目的。

根据军区的指示精神，南京军区《人民前线》报发表了《培养自己的"郭兴福"》的社论。

内容如下：

通过培养自己的"郭兴福"，领导上就可以取得经验，及时具体地指导部队。有了自己的"郭兴福"，就可以使群众信服。郭兴福的经验不是可望而不可即的，而是可以学得到的，甚至可以比郭兴福做得更好。

有了自己的"郭兴福"，就可以把郭兴福的经验生动形象地传给部队，使大家看得见，摸得着，好理解，好学习。

因此，推广郭兴福教学法，不能仅满足于一般号召和一般的活动，必须认真培养典型，运用典型指导全面。

为了推广郭兴福的教学方法，南京军区还同时决定让郭兴福率队在南京军区各部队进行一次巡回表演。

在这次巡回表演中，南京各大军区的广大官兵包括军、师、团的领导干部都认真观看了郭兴福他们的表演，都觉得郭兴福教学法真好，真正是把兵练活了，把战术练精了。

看了表演后，南京军区司令部军事科学研究处处长蒋科评价说："训练为了打仗，按实战需要来训练部队，这是郭兴福在教学中最突出的地方。"

军区政治部宣传部副部长赵瑾也说："良好的教学方法来源于正确的训练思想。郭兴福的教学方法好，做到了精讲巧练、情况多变、从实际出发。"

南京步校副校长宋伟情不自禁地感叹："积极歼敌的战术思想，英勇顽强的战斗作风，机动灵活的战术动作，熟练的五大技术，这是 200 米内的硬功夫！"

经过一段时间的巡回表演示范，郭兴福很快成了南京军区的名人，郭兴福教学方法也为南京军区各部队所熟知，并得到了迅速推广。

为了把郭兴福教学法真正落到实处，南京军区各部队和学校从宣传郭兴福教学法入手，采取报告会、读报、座谈、放幻灯、黑板报等多种形式，在广大士兵中宣传郭兴福教学方法和经验。

推广郭兴福教学法

南京军区抓郭兴福教学法，认识高，决心大，军政一齐上，上下同心干。他们连续不断地采取了一系列大动作，现场会一次比一次大，要求一次比一次高，终于将全区官兵发动起来。

通过推广郭兴福教学法，南京军区掀起了一场广泛的练兵热潮……

1962年9月，一个丰收的季节，南京军区装甲兵召开了一次别开生面的"进一步推广郭兴福教学法训练"现场会。参加会议的包括各坦克部队的负责干部和作训科、股长及部分连、排长。

在这次训练现场会上，经过郭兴福教学法训练的各坦克部队进行了精彩的表演。把郭兴福教学法运用到装甲兵，这还是破天荒的第一次，人们期待着它的效果。

某部坦克一连连长陶深远在战术训练中运用了郭兴福教学法，实践性非常强，给人耳目一新的感觉，获得了大家的一致认可。一连副连长祝广祥用郭兴福教学法教出的驾驶员，能在雨后的黑夜中关灯开窗顺利通过断崖和车辙桥，他们的精彩表演让与会将士惊叹不已。

还有一个连长郭士信在夜间射击训练中，运用了郭兴福分段教学法、现场抓思想等方法，收效也非常显著，士兵的夜间射击成绩大幅提高。

通过这次现场会，南京军区广大将士认识到，郭兴福教学法不仅适用于步兵，也适用于装甲兵；不仅适用战术训练，也适用驾驶、射击、通信等技术训练。

从 1962 年 11 月起，南京军区在滁县、杭州、镇江等地多次召开现场会，普及郭兴福教学法。

这几次现场会的项目一次比一次多，规模一次比一次大，效果一次比一次好。

滁县现场会，汇报表演的只有单兵、小组和班战术课目。

杭州现场会，汇报表演的单位增至 18 个班、1 个排和 1 个小组，而且参加者多是各军、师的知名英雄、模范个人或集体，如"王克勤排"、"济南英雄团"和著名神枪手娄爱才、孙正岳等。参加汇报的分队分别进行了单兵、小组攻防，班、排进攻等 19 个课目的战术表演，各个表演分队丰富和发展了"郭兴福教学方法"。总参谋部派员到会指导，沈阳军区、汉口步兵学校也派人参加会议。

镇江现场会规模更大，参加汇报表演的不仅有步兵分队，还增加炮兵、装甲兵、工兵、防化兵、通信兵等兵种。

1963 年 3 月到 1964 年 3 月，南京军区又先后下发 4 份关于普及郭兴福教学法的文件。

推广郭兴福教学法

郭兴福教学法受到军委关注

1963年秋，负责全军军训工作的军事训练和军事学术研究委员会主任叶剑英从《军训简报》上，看到了一篇有关南京军区大力推广郭兴福教学方法的报道，这引起了他极大的兴趣。

自从负责全军军事训练工作以来，叶剑英就对军事训练中出现的新事物格外关注。他反复看了这篇报道后笑着对身边的人说："郭兴福教学方法值得全军去学习啊，我有空得去看看！"

这篇文章之所以引起叶剑英的关注，还有一个重要原因，那就是郭兴福这个名字。早在1962年，叶剑英就从《军训简报》上看到了关于郭兴福的报道，立即引起他的兴趣。

叶剑英不仅对郭兴福充满好奇，更主要的是对郭兴福教学法产生了强烈兴趣，他觉得这个人的教学法一定很独特，不然不会产生这么大影响。

叶剑英真想立即去看一看这个教学体系到底怎么样，可是作为全国军事训练工作的责任人，可不是说走就走的。

于是，叶剑英先是派了自己的秘书、办公室主任兼军事训练、军事学术研究委员会办公室主任莫阳，率工作组到南京军区进行了一次考察。莫阳回来报告说，郭兴福教学法的确不错。

叶剑英还是觉得不太放心，不久，他又决定委托副总参谋长张宗逊再去南京军区看个究竟。

张宗逊，陕西渭南人，1926年入黄埔军校第五期学习，同年由中国社会主义青年团转入中国共产党；革命战争年代，张宗逊历任中国工农红军第十二军军长、瑞金红军大学校长、第四方面军第四军参谋长、红军大学参谋长、中央军委一局局长、八路军一二〇师三五八旅旅长、吕梁军区司令员兼政委、西北野战军副司令员、第一野战军副司令员兼西北军区副司令员等职。

中华人民共和国成立后，张宗逊任第一野战军暨西北军区副司令员，西北军政委员会委员，最高人民检察署西北分署检察长。

1952年11月，张宗逊任中国人民解放军副总参谋长，先后兼训练总监部副部长和院校部部长、总参谋部军训部部长。1955年他被授予上将军衔，荣获一级八一勋章、一级独立自由勋章、一级解放勋章。

张宗逊来到后，叶剑英笑着对他说："你看没看《军训简报》上关于郭兴福的报道？"

提到郭兴福，张宗逊立刻来了精神，他其实也早在关注这件事情，回答说："他的教学方法已经在南京军区获得了推广，听说效果很好。"

叶剑英说："那你到那里去看看吧！回来向我说说郭

推广郭兴福教学法

兴福教学方法到底如何。"

张宗逊说:"好的。"

接到要为中央首长表演的任务后,郭兴福和战士们都异常兴奋,他们没有想到,自己居然得到了中央军委的关注,这是他们做梦都没有想到过的事情。

表演开始前,郭兴福他们既紧张又兴奋。可是一旦表演开始,他们一下子忘记了一切,犹如进入了真实的战场,他们的每一个动作都那么逼真,不禁让在场的每一个人都拍案叫绝。

看完表演后,张宗逊对李德生军长说:"像郭兴福同志这样严格认真地训练单兵、小组和班的战斗动作,是个方向性的问题,也是我军练兵的传统。只有这样严格认真地教,才能把兵练好。"

张宗逊继续说:"郭兴福同志的教学方法很好,他教出来的这个班的苦练精神也很好,应该推广。学校和部队都要学,争取每个连都有个'郭兴福',把每个班都练得像郭兴福教的这个班一样,那么,部队的战斗力就大大提高了。"

张宗逊回到北京后,立刻向叶剑英进行了详细的汇报,并给予了郭兴福很高的评价。从那时起,叶剑英就更加关注郭兴福了。

叶剑英亲自观看郭兴福表演

1963 年 12 月 24 日，郭兴福突然接到南京军区的命令，要求让他马上带领小分队开赴南京，向南京军区首长做汇报表演。

南京军区首长已经多次看过郭兴福的表演，这次又专门要求表演，不知道是怎么回事。郭兴福没有想那么多，接到命令后，立即带领"伍先华班"赶到了南京。

在南京城郊的张家山，郭兴福向南京军区司令员许世友上将、分管军事训练的副司令员王必成中将等首长演示了单兵进攻战术。

许世友和王必成看后表示非常满意。郭兴福以为这就结束了，就准备打道回府，没想到又接到命令说，还要到镇江小衣庄去，到那里继续表演！

郭兴福疑惑地问："为什么去那里呢？"

许世友笑了笑说："你去了自然会知道。"

郭兴福虽然不知道为什么要去小衣庄，但是从许世友的眼神中，已经感觉到了什么。

"那我会好好准备的！"郭兴福说完后立即上路了。一路上他心里都在想，会给哪个大人物进行表演？

原来，1963 年 12 月 23 日，来自全军各部队的 360 多名训练主官汇集到了江苏镇江，参加由总参谋部召开的"推广郭兴福教学法现场会"。

12月24日这天，空中飘洒着淅淅沥沥的细雨，叶剑英也从百忙中抽身来到了镇江。他此行的主要目的，就是想在现场看看郭兴福的表演，这也是郭兴福被紧急召到南京来的原因。

当然，这一切郭兴福完全不知情，但是军人的天职就是服从，所以他严格按照许世友的命令，快马加鞭赶往镇江，一点儿都没敢怠慢。

12月25日，天气放晴，刚刚下过一场细雨的江南大地，空气格外清新，明艳艳的阳光洒满了大地，让人在冬日中感到丝丝的温暖。

在这样好的天气里，郭兴福又开始了一场汇报表演。表演开始前，郭兴福偷偷用眼睛的余光扫视了一下观众席上的领导们。

郭兴福在中心的位置发现了一个面容和蔼，身穿便服，头戴鸭舌帽，披着一件褐黄色风衣的人。这位显然比南京军区首长职位还要大的领导会是谁呢？

无暇多想，表演开始了，所有的目光都投向郭兴福，只见他带领小分队快速上场。他用嘹亮的声音喊了声"立正"，然后跑步向首长报告。

在向首长报告的刹那，郭兴福忽然感觉那个面容和蔼的人似乎十分熟悉，但一时却又想不起来是谁。汇报完毕后，郭兴福的表演正式开始了……

郭兴福看到的这个人就是叶剑英元帅。当时部队专门给他搭了一个帐篷，让他在帐篷里观看表演，可是叶剑英却穿着风衣来到了场地上观看。

叶剑英的眼光始终跟着郭兴福。他听着郭兴福的一言一语，看着郭兴福的一招一式，时而向身边的人进行询问，时而低头琢磨。

表演持续了3个多小时，叶剑英始终坚持在现场观看。有时还询问身边的人："战士的负荷有多重，戴上防毒面具对射击和练战术有多大影响？"

叶剑英又询问："他们都叫什么名字，今年多大了，什么时候入伍的，文化程度怎么样？"

对于叶剑英提出来的一系列问题，身旁的解说员详细作了解答。

经过3个多小时的摸、爬、滚、打，战士们已经消耗了大量的体力，很多人的衣服都湿透了，但却没有一个人有丝毫松懈的情绪，相反，他们好像显得更加勇猛。

这时，只听郭兴福响亮的声音在空中回响："冲击，是单兵进攻战术的关键动作，是战士必须掌握的过硬军事技术。冲击讲究六个字：勇、猛、狠、活、快、准。勇，就是勇敢，前仆后继，前面的人倒下了，后面的人接着上。猛，像老虎下山，在气势上压倒敌人。狠，就是敢于短兵相接，刺刀见红，就是像抗美援朝的英雄那样，子弹打光了就拼刺刀；刺刀断了，就用枪托砸；枪托断了，就用手榴弹敲；手榴弹打光了，就手掐牙咬，像《谁是最可爱的人》里写的，手榴弹弹体上有敌人的脑浆，嘴里有敌人的耳朵……"

郭兴福讲完这一席话后，把袖子一挽，身子一弓，两眼瞪得溜圆，向"敌人"前沿猛冲过去，一路做着射击、投弹、刺杀、格斗的示范动作。

这时，战士叶铁虎引起了观众的注意。这个战士个子并不太高，但是形象非常剽悍，他的冲击动作非常勇猛，而且是一次掷出了两枚手榴弹，叶剑英看了他娴熟的动作，情不自禁地鼓起掌来。

这时，解说员还向叶剑英介绍说，叶铁虎这个战士曾经在练冲击动作时，鞋子被树杈戳穿，脚流了很多血，但他硬是一声不吭，坚持完成了冲击任务。

听了叶铁虎的介绍，叶剑英不禁赞赏地点点头说："真像一只'小老虎'！"

三个小时的表演，在不知不觉中就结束了。最后，叶剑英一一接见了所有参加表演的战士。当他接见战士叶铁虎时，连连赞扬说："名字好，军事技术好，确实像个'小老虎'。"

这次表演，叶剑英表示非常满意，他亲切地握着郭兴福的手说："你是一个好连长，你把兵练活了！"

面对首长的赞扬，郭兴福显得有些不好意思地说："都是战士们能吃苦啊！"

叶剑英对大家说："现在全军都在学习你们，你们不要骄傲，要虚心学习，不断提高，要搞得更好！"

从往日的闻名到今日的见面，叶剑英看到了我国军事训练的希望。12月25日晚上，他专门召集了各军的重要干部，对郭兴福教学法进行了研究总结。

在这次会议上，大家各抒己见，提出了许多好的意见建议。对于郭兴福的教学表演，与会者一致认为非常精彩，值得在全军范围内进行推广。

会议结束后，叶剑英立即着手给中央写报告。12月27日，叶剑英的报告从南京送到了北京。在这份名为《建议军委推广郭兴福教学法》的报告，叶剑英写道：

> 我看了郭兴福以及南京军区推广郭兴福教学法以后，总的印象是：方法对头，功夫过硬，大开脑筋，大开眼界，充分说明群众是真正的英雄，群众的创造力是无穷无尽的。
>
> 郭兴福教学法是我军传统练兵方法的继承和发扬，是领导培养、群众支持和他个人努力的结果。归纳起来，郭兴福教学法有几个突出特点：
>
> 第一，善于在教学中抓思想，充分调动战士练兵的积极性，并能够发扬教学民主的优良作风，集中群众的智慧，实行官兵互教，评教评学。
>
> 第二，把练技术、练战术、练思想、练作风紧密结合在一起，把兵练得思想红、作风硬、技术精、战术活，而且身强力壮，一个个都像

推广郭兴福教学法

"小老虎"一样。

第三，他采取由简到繁，由分到合，情况诱导，正误对比的方法，逐步加深认识，掌握要领。

第四，把言教与身教，苦练与巧练结合起来，使战士百听不厌，百练不倦。

第五，严格要求，一丝不苟，循循善诱，耐心说服。上述这些方法，不仅适合部队，而且适合学校；不仅适合步兵，而且适合各军种、兵种。

这次参加镇江现场会的来自各军区和学校的干部，一致认为郭兴福教学法是个好方法，学习的决心都很大。

建议军委发出一个指示，在全军中加以推广，号召各军区，各军种、兵种，部队和学校乃至民兵，学习郭兴福教学法……

四、 全军掀起练兵高潮

●毛泽东认真看完报告后，在文中"一个个都像'小老虎'一样"下重重地画了一道鲜明的红杠。

●许世友把他的枪别在腰里，深深吸了一口气就迎着料峭的寒风跑步来到了操场上，他要和学员们一起出操训练。

●刺刀坏了就用枪托打，枪托劈了就用手榴弹砸，手榴弹没有了就用铁锹砍，铁锹坏了就用拳打，用脚踢，用牙咬……

中央军委发出学习号召

1963 年底，北京已是隆冬季节。军委秘书长兼总参谋长罗瑞卿接到了负责全军军训工作的叶剑英元帅发来的电报，立即送给党中央毛泽东。

毛泽东认真看完报告后，在文中"一个个都像'小老虎'一样"下重重地画了一道鲜明的红杠，他对这样的战士很赞赏。

毛泽东对前来送报告的军委秘书长、总参谋长罗瑞卿说："我对这一条很感兴趣！这是一个了不起的发现！叶剑英在解决军事训练问题上找到了一个好方法。"

详细揣摩了叶剑英关于郭兴福教学法的评价后，毛泽东意味深长地说："郭兴福教学法不仅是我军传统练兵的继承，更是在新时期的发扬。"

对于有生命力的创新，毛泽东向来是推崇和赞赏的，因此，他觉得有必要在全军推广这种教学法。

通过罗瑞卿的汇报，毛泽东了解到总参谋部正在南京军区组织召开推广郭兴福教学方法现场会。不过，到会的大多是机关部门和抓军事训练工作的副职。

毛泽东感觉到总参谋部做得还不够，因此他立即对总参谋部发出了一个指示，指示中说："到会的多是'后排议员'（指机关部门和抓训练的副职），难以推广；要想真正推广，必须一把手到会，亲自抓。"从中足见毛泽东对此的重视。

接到毛泽东指示的时候，张宗逊副总参谋长刚刚参加完会议准备回京。这时已经是 1964 年元旦前夕，南京城的大街小巷张灯结彩，一片节日气氛。

接到毛泽东指示后，张宗逊决定暂缓回京。在此之前，总参谋部为筹备这次会议已经整整忙活了半个多月，大部分的工作人员都做好了回北京过元旦的准备，但接到毛泽东指示后，他们又开始忙碌起来。

按照毛泽东的指示，总参谋部主要领导立即做出决定，组织第一次会议的原班人马全部留在南京过元旦，全力投入筹备全面推广郭兴福教学法现场会的工作，争取再上一个新台阶。

就在解放军总参谋部积极筹备现场会时，1964 年 1 月 3 日，中央军委向全军发出了《中央军委关于全军学习郭兴福教学方法的指示》，号召全军认真学习郭兴福教学方法。

指示中的内容如下：

　　各军区、各军兵种、各院校、各总部：
　　现将叶剑英同志参观郭兴福教学方法现场表演后给军委的报告转发给你们。
　　军委同意叶剑英同志的报告。全军应当立即行动起来，掀起一个学习郭兴福教学方法的

全军掀起练兵高潮

運动。在一定意义上说，宣传郭兴福教学方法的规模，大体上要像宣传学雷锋、学好八连一样，要反复宣传，使它深入人心，引起全军广泛的密切的注意。

郭兴福教学方法，不单是包括一个军事训练问题，还包括政治思想工作问题，还包括作风问题，还包括群众路线问题。这是我军传统练兵方法的继承和发扬。

我们应当抓住这个典型在全军推广，使我们的军事训练工作练出过硬的真本事来，做出更大更扎实的成绩来。

军委相信，只要全军共同努力，掀起一个学习郭兴福教学方法的广泛深入的群众运动，全军就一定会出现更多、更好、更新的"郭兴福"。一定会出现一批各军区、各军兵种、各院校、各行各业自己的"郭兴福"。一定能够把我军的训练工作提高到一个新的水平。

附去叶剑英同志的报告，请一并加以研究，认真贯彻执行。

中共中央军事委员会
1964 年 1 月 3 日

召开郭兴福教学法现场会

1964年1月25日，还是隆冬季节。可是，在祖国建设的各条战线上，却早已传来了春天的脚步声。比学赶帮的热潮，使我们祖国的面貌，更加生气蓬勃，万紫千红。

在这春色满园的大好时光中，总参谋部推广郭兴福和郭兴福式的教学方法现场会议，在南京城隆重开幕了。参加会议的有来自各总部、各军区、各军兵种、各军事院校和各野战军的一把手或主管训练工作的负责干部共120多人。

对于这次会议，党中央非常重视。遵照毛泽东关于让"前排议员"参加现场会的指示，总参谋长罗瑞卿亲自到南京主持会议，副总参谋长张宗逊发表了重要讲话。郭兴福率领三班为会议进行了精彩表演。

郭兴福表演的那两天，天气多变，不是寒风呼呼，就是细雨阵阵。

单兵进攻作业那天，地冻风寒，在一块只有几十米宽的场地上，郭兴福以情况诱导战士，采取变化多端的手段，与"敌人"英勇鏖战。

小组进攻作业那天，雨一连下了几个小时，作业场上泥泞不堪。郭兴福与战士们却丝毫没有迟疑，他们在

全军掀起练兵高潮

泥水中仍然步伐坚定。

很快，战士们变成了一个个泥人，但这却更让人感觉到了他们的可爱。战士们抹掉脸上的泥水，喊着响亮的口号继续冲，真的是生龙活虎。

郭兴福和战士们逼真的神态和动作，让与会的同志进入到一场真实的战斗情景中。特别是参加过战争的老战士们，他们可能看到了更多，想到了更多。

大家迎风顶雨，聚精会神地观看着，还不时地记着笔记和发出啧啧的称赞声。

人们看了郭兴福的表演，真是无限振奋。从演习场到汽车上，从食堂到小组会上，到处议论的中心话题都是郭兴福教学方法。

第一次看到他表演的人说："百闻不如一见，郭兴福教学方法真是名不虚传，给自己上了生动的一课。"已经看过他几次表演的人说："一次比一次有进步，有发展；真是越看越有味道。"人人欢欣鼓舞，笑逐颜开。

济南部队杨得志司令员头天上午看了郭兴福单兵进攻作业，在归来的途中，就赞不绝口地说："郭兴福真是把兵练活了。"

下午去参加小组讨论会，杨得志在路上遇到了新疆军区张希钦副司令员，便停了下来，又赞扬郭兴福教学方法"真是太好了，太好了"。

到了自己的小组，杨得志一坐下来，就第一个发言，说："看了军委指示和叶帅的讲话，感到非常及时、正确；今天看了现场表演，体会更深了。过去我们也当过基层干部，也教过战士，但是没有郭兴福搞得好。他教得严，教得细，教得活。战士稍有一点差错，他能及时发现，耐心纠正。他训练出来的战士，脑子反应很快，能在紧张、复杂的情况下，作出正确的处置和动作。我们军队如果都能训练得这样，那就什么敌人都不怕！"

将军们为什么这样兴奋？用广州部队梁兴初副司令员的话来说，那是因为郭兴福教学方法方向对，方法好，贯彻了军委提出的方针、原则，体现了群众路线、教学民主，真正做到了官兵互教，教学相长。总之，使我们找到了一个用什么办法才能把训练搞好的门路。

让将军们由衷喜悦的是，从郭兴福身上看到已经逐渐形成一套以我为主而又行之有效的训练方法。

沈阳部队曾思玉副司令员深有所感地说："有一个时期，我军训练很叫人担心，不从实际情况出发，死搬硬套的训练方法，把战士训练得死气沉沉。现在按毛主席的指示和军委制定的方针原则练兵，训练面貌焕然一新，整个部队生气勃勃。"

许多领导同志看了郭兴福教学方法的表演，都说找到了传帮带的途径。军事学院张震院长意味深长地说："今后打过仗的老干部越来越少，缺乏实战经验的干部越来越多，在这种情况下，究竟怎样做才能使新干部把我军优良的战斗传统和丰富的实战经验接下去呢？现在郭兴福的实际行动告诉我们：采用多流汗、多用脑的办法，学习毛主席著作和首长的经验，反复实践，不断提高，就一定能够把我军多年用鲜血凝结起来的宝贵经验传下去，并且大大发扬起来。"

会议的进程，把参观见学的人们引到了一个新的境界。各特业分队学习郭兴福教学方法的表演，紧扣着人们的心弦。

看那防化学兵的山地喷火，班长曹玉龙根据山地作战的经验，训练战士在断崖下、在斜坡上，用搭人梯、架油桶、竖竹梯等办法，使一道道愤怒的火焰准确地飞进敌方地堡的枪眼。

看那侦察兵的攀登悬崖，班长王金奎根据敌后活动的特点，训练战士胆要大，敢于把悬崖陡壁踏在脚下；心要细，一举一动都要符合操作规程，最终练得轻如猿猴，上下自如。

再看那通信兵的有线架设，副连长何成学根据实战的需要，把收放线这样一个简单的动作，用形象化教学讲活了；他还把战士们训练得能爬高杆，能飞檐架线。还有那捕俘格斗、迫击炮简便射击、山地对刺表演，真是异彩竞放，各有千秋。

到会的同志看了这些表演，都深为叹服。他们说，这些分队"很过硬"，表演"很精彩"；这些特业分队的训练，不仅发扬了我军的优良战斗传统，而且有了新的发展，给人以很大的启发。因而，"越看越高兴，越看信心越大"。

特别是来自海军、空军和各特种兵的同志们，更是进一步肯定：郭兴福教学方法，不仅适用于陆军，也适用于海、空军和特种兵。

空军刘震副司令员说："看了这些表演，深感郭兴福教学方法有代表性，有方向性，有普遍性，能解决问题，很值得空军学习。"

海军某基地司令员马龙说："看了这几个课目的表演增加了力量，郭兴福教学方法确是一服'灵药'，对海军来说，不仅方法有用，就是许多具体动作也有用。海军战士要爬桅杆，爬海岸峭壁，所以，通信兵的爬杆和侦察兵的爬峭壁的要领都有用。"

工程兵徐德操副司令员说："现在看来，郭兴福的教学方法，不是好不好的问题，而是如何学到手的问题。"

表演当中，特别引起到会同志注意的是两个政治工作干部：一个是随侦察兵攀登作业的指导员侯书信，另一个是随通信兵架线作业的副指导员商顺嵩。这两位同志在跟班作业中，能和战士们一起操作，都有过硬本领。

随攀登作业的政指侯书信，已经三十几岁，仍和年轻战士一样，全副武装爬上峭壁。随架线作业的副政指商顺嵩，不仅能做现场的宣传鼓动工作，而且也能和战士一样爬高杆，上屋檐。

这两位政治指导员的模范行动，引起了人们的热烈议论，有的说："这是郭兴福教学方法在政治工作干部身上开出的一枝非常鲜艳的花朵。"也有的说："政治干部

全军掀起练兵高潮

以身作则，带头实干，就是很有说服力的政治工作。"还有的说："政治干部懂得一些军事，在军事训练中就会有更大的发言权！"

郭兴福教学方法在各行各业的开花结果，表明了它的生命力是非常强大的。这不仅在南京部队得到了证实，在其他部队也出现了大量的例证。

来自广州、武汉、沈阳等部队的同志们，以亲身的经历说明，郭兴福教学方法一抓起来，训练面貌就起很大变化。

广州部队黎原副参谋长说，他们从去年六月学习郭兴福教学方法以来，成效明显。各个部队已涌现出自己的郭兴福式的基层军事干部。今年一月二十日举行了一次现场汇报会议，有四十九个班参加表演，他们来自步兵、炮兵、工程兵、通信兵、防化学兵、装甲兵。经过评比，冒出了十二个"尖子"。

某军军长谢正荣说，他们推广郭兴福教学方法以来，有三大收获：一是扭转了只重视技术训练不重视战术训练的局面；二是军事干部读毛主席军事著作和肯用脑筋的人多了；三是训练中的管理教育方式改善了，官兵真正做到了互教互学。

某军军长唐金龙说，他们各部队推广郭兴福教学方法后，消除了"战术训练一股风，能跑就能行"的论调，都觉得战术里面大有学问。他表示回部队后，一定要把军事训练搞得更好，在一九六四年取得大面积的丰收。

随着会议的进展，人们的思想像春潮一样，汹涌澎湃，一浪高过一浪。这浪潮冲击到人们心灵最深处的一点是：郭兴福教学方法产生在南京部队难道是偶然的吗？当然不是。这是南京部队坚决贯彻执行了党中央指示的工作方法的结果。

济南部队范朝利副司令员和某军军长丁盛说得好：郭兴福教学方法好，首先反映出南京部队首长的领导方法好。他们善于"解剖麻雀"，突破一点，推动全盘。到会的许多同志还检查了自己以往对运用典型推动全盘不是没有去抓，就是抓而不紧的缺点，决心活学活用毛主席的工作方法，把工作做得更好。

参加会议的南京部队领导同志，把人们的赞誉，看成是极大的鼓舞和有力的鞭策。

许世友司令员一开始就说："同志们看到的是我们好的方面，实际上我们工作中还有很多缺点。"他们表示要虚心向兄弟部队学习，把工作做得好上加好。

在会议期间，大家观看了步兵、炮兵、通信兵、防化学兵、工程兵、后勤兵、装甲兵等 10 多个分队的表演，他们大开眼界，大受启发，大受鼓舞。

某首长说："这些分队教学灵活，功夫过硬，看了带劲，听了服气。"

郭兴福的精彩表演令在场首长大开眼界，各军首长兴奋地说："许司令又立大功了！"

许世友却笑着说道："我当初也不敢相信他们这么厉

害啊!"

这时,许世友讲了他和郭兴福的一件事:

开始我还没看好郭兴福,他在战术教学时,让战士占领地形"由下而上",出枪"由下而上",观察抬头"由下而上"。

我听了就批评他说:"就凭你这三个'由下而上'就能打胜仗,搞好战术?"

于是,我找了8个将军组成一个班,交给郭兴福,让他当教头,看看他有什么办法教练。没想到郭兴福还真有办法,几个小时下来,将军班的人汗流浃背,说不服不行。

我问那些接受郭兴福教学的将军:"你们对郭兴福感觉如何啊?"

将军们回答说:"到了他手下就身不由己了,一个个情况逼得你不练不行,仿佛不知不觉进入了战场。"

就这样,郭兴福教学法得到了全军区战士的公认,也让我切实认识到推广郭兴福教学法的重要性。

听了许世友的讲述,大家说:"人才难得啊!"
在会议期间,各大军区领导纷纷登台表态,回去后要下大力推广郭兴福教学法。

台上表态，台下争论。有的人问："学习郭兴福教学法达到什么标准，谁优谁劣，如何评价？"

对于这个问题，郭兴福教学法有一条，就是训练中比一比，赛一赛，谁优谁劣自然明白。

面对着这种你追我赶的形势，老将军们意气风发，决心大干一场。有的说："一定要缩短和先进单位的差距，迎头赶上。"有的拿出了当年指挥作战的劲头，分秒必争地组织比学赶帮活动。

尽管会议日程排得很紧，通风报信的电话，仍日夜不停地从现场会议打向四面八方。电话通向祖国的内地，通向祖国的边疆、海防。

有一天，这种电话竟超出了一百人次，它把全军各军种兵种、各部队和各院校未来参加会议的领导同志的脉搏，同现场会议的脉搏紧紧地联结在一起了。

会议末期，各个部队参加会议的人，分别集中起来，认真地讨论了回部队以后的行动计划。

他们一致表示，回去以后，首先要当好推广郭兴福教学方法的宣传员，大张旗鼓地宣传郭兴福教学方法，使军委的号召深入人心。各部队的同志根据南京部队的经验，决心培养自己的"郭兴福"，从小单位入手，如一个班、一个机组，拿出样子，取得第一手的经验，借以鼓舞、教育群众。

北京部队郑维山副司令员说："干部要过硬，这是个很重要的问题。自己不会做，就不能教战士。应该提倡干部练本领。"

昆明部队陈康副司令员也说："要把兵练活，就得按照郭兴福的标准去培养基层干部。"

一切迹象表明，一个全军性的学郭兴福、赶郭兴福、超郭兴福的比学赶帮高潮正在迅速形成。

1月30日，现场会圆满结束。罗瑞卿作了总结讲话。他首先反复强调了搞好军事训练的意义。他说，过去主要靠打仗来训练，现在主要靠训练学会打仗。搞好军事训练，乃是最重要、最具体的战备。

罗瑞卿指出：毛泽东军事思想是我军军事训练的方针和原则，是编写条令教材的指针。我们已经有了正确的训练方针和原则，还必须有正确的训练方法。而郭兴福教学法就是一个比较完整、比较成熟的教学方法。

罗瑞卿认为：郭兴福的教学方法的特点是红、活、硬、细、实。红指的是高举毛泽东思想红旗，是政治上好；活就是教得活、学得活、练得活、用得活；硬就是战术过硬、技术过硬；细就是教得细致具体；实就是实实在在、扎扎实实，从实际出发，从实战需要出发。郭兴福教学方法着重在一个"练"字。只有下苦功夫练，才能真正练出硬功夫。

最后，罗瑞卿号召学习郭兴福、赶上郭兴福、超过郭兴福，掀起军事训练的热潮，把我军训练提高到一个新的水平。

总政治部要求推广学习

1964 年 2 月 10 日，总政治部发出推广郭兴福教学法的指示，号召全军继续进行学习推广。

内容如下：

1 月下旬，罗瑞卿总长又主持召开了推广郭兴福和郭兴福式教学法的现场会议。一个学习郭兴福教学法的热潮正在全军展开。

一、要运用各种形式（包括报纸、电影、广播、文艺作品等）大张旗鼓地宣传郭兴福教学法，造成一个学习郭兴福、赶上郭兴福、超过郭兴福的比学赶帮的热潮。

二、推广郭兴福教学法要结合各单位的具体情况和具体任务，因地制宜。要发现和培养出各行各业、各单位自己的"郭兴福"，总结出更完备、更成熟的郭兴福式教学经验。

三、郭兴福教学法不单在军事训练方法上有重大的发展，而且在思想工作、作风培养和管理教育方面也有新的创造，要好上加好。同时，要根据抓落实、打基础、求质量的要求，切实搞好基础训练，培养出更多的神枪手、神

全军掀起练兵高潮

炮手和技术能手，真正把部队练到思想红、作风硬、技术精、战术活，使战士个个身强力壮，像"小老虎"一样。

四、学习郭兴福教学法，要求政工干部必须学习军事，懂得军事，把思想工作渗透到军事训练中去。同时，也要求军事干部要政治挂帅，思想领先，会做思想工作。

所有军事干部，都必须认真学习我军思想政治工作的优良传统，特别要学习这几年来大大发展了的政治工作经验，努力提高政治工作的能力。

在党中央的号召下，人民解放军掀起了规模空前的以学习和推广郭兴福教学法为标志的大练兵高潮。

从陆海空军到民兵，从作战部队到军事院校，从总部机关到连队哨所，从元帅将军到基层广大官兵，人人都在谈训练、忙训练，练兵场上龙腾虎跃，课堂内外遍地开花，绿色军营热闹非凡。

3月2日，《解放军报》又发表了《再论学习郭兴福教学方法》的社论。

社论说：

严格用这种教学方法来练兵，就能够取得预期的效果，就能够把战士练得思想红、作风硬、技术精、战术活，一个个都像"小老虎"一般。我们学习郭兴福教学法，就是要着重学习这种讲究"结合"、善于"结合"的方法。这是符合事物发展规律、符合马克思列宁主义、符合毛泽东思想的训练方法。

早春的季节，尽管天气还有些寒冷，但是，在全军的军营中，却涌动着一股学习郭兴福教学法，把军事训练提高到一个新水平的高潮。

中央军委的号召，军委首长的讲话，总部的指示，以及一次比一次规模更大的全军推广郭兴福教学法现场会，把全军官兵发动起来、凝聚起来，一场波澜壮阔的大练兵运动正在兴起！

全军掀起练兵高潮

南京军区激流勇进

1964 年初春的一天，南京军区沐浴在晨曦之中。随着一声嘹亮的军号，已经 59 岁的军区司令员许世友像一个普通士兵一样干净利落地整理好一切，带上装备，大步迈出房门。

太阳刚刚探出头，习习的晨风还有些冰凉。只见许世友迎着冷风，深深吸了一口气，然后跑步到了操场，他这是要和学员们一起出操训练。

原来，在全国各地掀起大练兵的时候，南京军区不仅没有自满，而是继续强化训练，下决心把郭兴福教学方法真正落实到实际训练中。

为了给大家带好头，军区司令许世友更是不顾自己已经到了即将退休的年纪，还是像年轻时那样，亲自率领部下进行实地训练。

迎着晨风，大家上了山，在山头上，大家看到一道堑壕和一个地堡，这是前一天训练时留下的成果。许世友看了堑壕和地堡后，脸一下子沉了下来。

许世友猛然转头面向训练的战士们责问道："这是谁搞的阵地？他肯定没打过仗，没流过血。我打了几十年仗，没见过这么简单的防御阵地。打莱阳，有子母堡，地堡前有五六道外壕，壕下面还有暗堡，壕前有几道铁丝网。搞训练设置情况要接近实战，不然你糊弄了它，打仗要流血、要丢命的。"

听到首长责备，参加训练的战士们羞红了脸。在许世友的带领下，参加训练的战士们立即拿起铁锹，重新挖了几道堑壕，还增添了几个子母堡。

当一切顺利完成的时候，许世友笑着对大家说："这才像打仗嘛！"……

这时，演习进入到了冲击"敌人"阵地的阶段，这时许世友又发现了一个重大问题。原来有的战士竟然将手榴弹投在堑壕前。

许世友脸色大变，一声疾喝："快停下！"

正在兴头上的战士们还一时摸不着头脑，一脸懵懂的样子。许世友问："你们知道问题出在哪吗？"

看到战士摇头，许世友指出："这几颗手榴弹投在堑壕前的危害非常大，壕外边坡度为45度，如果你们的手榴弹投在这里，必然会向下滚，而人要向上冲，这不正好炸自己人吗？一定要投准，你们下一步在练战术动作时，要重点练练投弹。"

许世友立刻让郭兴福出列带头重做一遍。虽然郭兴福现在已经是名闻全国的教学典型，但许世友认为，典型只是一时产生的，要想永葆优秀，只有不断提高自己。

战士们练完了投弹，许世友又向大家指出了几个缺点。为了进一步提高大家的实战水平，他又提出一个问题："我们进攻的敌人子母堡，有7道鹿砦、3道外壕，外壕外有 3 个暗堡，暗堡前又有拉雷、踩雷，你们说怎么办？"

面对这么复杂的问题，战士们一时手足无措，议论纷纷。最后许世友告诉大家说："遇到这种情况，指挥员首先要派人侦察地形，了解敌人详细情况。要发扬民主，研究战法，组织分工。谁去开路起地雷，谁去破坏外壕，谁去爆破，谁来掩护等，战前一定要安排明确，不能打糊涂仗，谁疏忽谁就吃亏打败仗。"

战士们听了这些，不由得敬佩地直点头。许世友继续说："发起冲锋前要选好突破口，突破口不宜过宽，小口子大兵力，最好像打济南那样，用牛刀杀鸡战术，集中兵力于一点，才容易突破。冲锋一定要猛打猛冲，一口气打到底。"

时间过得太快了，一天的训练很快就过去，第二天，许世友没有休息，继续率队到野外进行刺杀训练。训练过程中，许世友发现一个新战士出枪动作有些迟缓，于是就接过新战士手中的枪，进行示范。

许世友说："首先，双脚要稳，枪要握紧，出枪才会快而有力。目视前方，看准目标迅速出枪，刺杀这玩意儿你别小看动作简单，学问大得很，可以讲几天几夜，刺杀细讲有 72 招，要练习得招招领先，有劲有力，才能挡住敌人的袭击，才能准确刺倒敌人。"

讲到这里，许世友有些得意地拍了拍那个新战士的肩膀说："总之，你的动作要快，我在抗日战争的香城固战斗中，同敌人拼刺刀，一连刺倒七八个敌人。生死关头不能含糊，稍一麻痹就掉了脑袋。"

听了司令的英勇行为，战士们打心眼里更加佩服。这时，一个好学的战士提出了一个问题："敌人逃跑时不好瞄准怎么办？"

听了这个问题，许世友立即端起枪，指着远处说："一般讲敌人向山上跑，弓着腰，朝他屁股上开枪；敌人向山下跑，瞄脚；敌人在开阔地，瞄腰打。当然实际情况更复杂，不像吃面条那么容易，一筷子一口就吞下肚子。这要靠自己在实践中体会、摸索。"

许世友经常告诫战士们，如果一个军队不加强训练，就无法在战场上打败敌人。

就这样，南京军区在许世友司令的带领下，在郭兴福的严格训练下，部队素质一步一个台阶，在全国各大军区中起到很好的带头作用，在南京军区的示范作用下，全国各大军区的练兵行动都如火如荼地开展起来。

全军掀起练兵高潮

北京军区奋起直追

1964 年 4 月的一天，春暖花开，阳光普照。在北京军区里，一场别开生面的"尖子"分队表演正在热烈进行中。观众席上坐着的是贺龙元帅，陪同的是司令员杨勇、政委廖汉生。

在这次表演中，某师七连七班异常受人注目。七班班长徐国栋的带兵方法很出色，他善于用启发诱导的方法，会讲会做又会教，还擅长做思想工作。

在徐国栋的训练下，七班战士个个都是政治觉悟高、作战勇敢、敢拼敢冲的好男儿。因此，在表演中，动作分外到位、准确。

贺龙边看边点头，不停地说："好，不错！单兵、班、排、连、营都要这样练。咱们平时不打仗，要练好兵才有战斗力。"

贺龙还对杨勇和廖汉生说："每个班长、排长、连长和指导员都要这样做。要学会这种方法，都懂得五大技术。这样练出来的兵，打仗就有把握了。"

贺龙又对副司令员郑维山、滕海清说："配好领导班子很重要，要把连、营、团的班子都配好。"

最后，贺龙还看了七班的徒手格斗，并且在表演结束后接见了七班所有的战士，并同他们一一握手。

贺龙对七班的战士寄予了很高的期望，他说："你们是北京军区学习郭兴福教学法的标兵。但是，要不骄不躁，回去继续好好练，还要进一步提高。部队是个大学校，每个战士都要好好学习。"

看了北京军区精彩的表演，贺龙很满意，他觉得应当想个办法进一步推动全军的练兵热潮，这样才可以增强战士们的素质。

其实，北京军区进行郭兴福教学已经很久了。早在1963年9月下旬，北京军区向所属部队发出了学习和推广郭兴福教学法的号召。从此，北京军区掀起了一场军事训练的热潮。

当时，为了进一步推动学习郭兴福教学法的活动，北京军区领导机关专门组织各部队负责训练工作的领导干部两次到南京军区进行参观学习。

北京军区先后派出的这两批将校军官在南京学习郭兴福教学法以后，立即将先进的教学经验带到了北京军区各大部队中。

经过几个月的强化训练，北京军区部队的训练得到大幅提升，战士们的精神面貌焕然一新。为了检验北京军区的训练成果，1964年3月至5月，军区各部队举行了多次战术技术"尖子"分队汇报表演。

1964年3月5日，中共中央军委秘书长、中国人民解放军总参谋长、国防部副部长、国防工业办公室主任罗瑞卿出现在北京军区。

全军掀起练兵高潮

在杨勇司令员，廖汉生政委，郑维山、滕海清副司令员等的陪同下，罗瑞卿观看了北京军区的"尖子"分队汇报表演。

这次表演的课目有步兵分队的单兵冲击和实弹射击，侦察分队的捕俘动作，无线电分队的通话等。

某部七连七班的单兵冲击是这次表演的重头戏之一。七班是北京军区学习郭兴福教学法的先进班，在短短的几个月中，已经有过巡回表演 29 场的经验，他们每一场的表演都受到观众的交口称赞。

不过，这一次冲击动作表演，与以前略有不同。七班在训练中新增加了步坦协同，还设置了坦克受阻、坦克发生故障等实战中可能遇到的情况，以此来诱导不同兵种之间进行互相支援、密切配合，达到克敌制胜的最终目的。

经过多次的配合训练，七班的单兵冲击已经远非以前可比，因此这次的表演大有看头。

表演开始了，只见战士们一个个抖擞精神，在"战场"上生龙活虎，让在场的观众看得连声称"好"！

特别是在克服障碍物的时候，面对战场上可能出现的各种情况，战士们充分发挥自己的想象力和创造力，他们有的踏桩而过，有的轻轻跃过，有的扶桩侧身翻过，有的腾起翻滚而过，大家看得啧啧称赞。

在表演结束时，罗瑞卿更是带头鼓掌。他在接见战士们的时候高兴地说："你们学习郭兴福教学法有创造，有发展。"

罗瑞卿又说:"你们在担任生产任务的同时,还能练出这样的本领,难能可贵!这证明了搞生产的部队也是可以搞好训练、练好兵的,这是一条很重要的经验。"

罗瑞卿特别叮嘱了七班班长徐国栋:"希望你们好好练,不要骄傲!"

在这次表演中,侦察分队的捕俘训练表演也格外引人注目。特别是在对抗练习时,战士们表演的徒手夺枪与徒手跟匕首格斗这些硬功夫,分外受欢迎。

对此,罗瑞卿称赞说:"你们是硬功夫,真本领,练成这样,管他什么美国兵、蒋介石的兵都能抓到,这样的兵就行。一个人打他三两个不成问题。中国有句古语,以一当十、以十当百!"

表演完后,罗瑞卿对侦察分队战士们说:"这不是一两天练出来的。全军所有侦察分队都要像你们这样练,都要练出你们这样一套本领来。艺高人胆大,勇敢加技术,什么敌人都不在话下。"

罗瑞卿观看表演后不几天,叶剑英元帅也来到了北京军区。这次七班战士表演了准备冲击、冲击发起、行进间射击、步兵与坦克协同、跨越铁丝网、抵近射击、投弹、格斗等动作。

在表演中,七班战士勇敢突破了"敌人"前沿,并开始与"敌人"进行英勇搏斗。刺刀坏了就用枪托打,枪托劈了就用手榴弹砸,手榴弹没有了就用铁锹砍,铁锹坏了就用拳打，用脚踢，用牙咬……

七班的表演结束后，叶剑英接见了七班全体战士，他勉励战士们说："看了你们的演习，我很高兴。你们学得很不错。班长很有能力，副班长也很好，完全能够掌握你们这个班。"

看完某侦察分队的精彩表演后，叶剑英和蔼地对战士们说："你们很英勇，很机智，技术也过硬！你们的老师傅是谁？"

当听说是战士们在吸取了武术队、杂技队的技艺和公安部队擒拿格斗技术后共同研究出来的时候，叶剑英对战士们的创新精神表示非常赞赏。

叶剑英对于步兵训练非常重视，在看了某部侦察连三排的捕俘技术表演后，叶剑英指示在场的军区领导干部们说："侦察兵要搞，步兵也要学几手，专门搞个计划，不要搞得太复杂，要简单易行。"

这天的最后一场表演，是某团报话班进行密语通话。在表演中，报话员密语熟练、迅速地传达和接受指挥员的命令，竟然一字不差。

叶剑英看完后非常高兴地说："这是你们的创造。既秘密又迅速，办法很好，你们还需进一步研究一下，可以向全军推广。"

罗瑞卿和叶剑英先后在北京军区观看了表演后，都非常满意，也给了北京军区以极大的精神鼓舞。北京军区党委决定严格按照首长们的指示，将军事训练再上一个新台阶。

3月11日，北京军区党委发布了《关于执行叶剑英元帅、罗瑞卿总长指示的决定》。

决定中说：

......

叶剑英元帅和罗瑞卿总长分别观看了我们几个小分队的训练，并作了重要指示，对我区部队是个极大的鼓舞，也是极有力的鞭策。我们要立即行动起来，坚决贯彻执行叶剑英元帅、罗瑞卿总长的指示，结合学习郭兴福教学法，把我区基础训练提高到新水平。

......

我们要坚决执行这一指示，所有报话员都要认真学习张振生班的通话法，一定要把他们的先进经验学到手，练出一手又快、又准的硬本领。并要继续总结经验，不断改进和提高。

在中央首长的鼓舞下，在军区党委的指示下，北京军区各部队的军事训练更加严格，业务能力也得到不断的攀升。

1964年4月7日，贺龙元帅也来到了北京军区。他在看了军区的表演后，非常高兴。

贺龙元帅还指示说："各部队一定要认真推广'郭兴

福教学法'。他们是一些'尖子',一定要把这些'尖子'的经验普及到全军去！应该把我们每个战士都练成这个样子,全解放军都练成这个样子,人人过硬,就能大大提高部队的战斗力,就能打胜仗。"

在强调推广普及"郭兴福教学法"的同时,贺龙特别强调了领导干部的模范带头作用。他说:"部队训练,要先抓好干部。干部训练不好,战士就训练不好。"

北京军区领导听了贺龙元帅的指示后,表示一定会继续努力,将军事训练提高到新的水准。

广州军区在评比中前进

1964 年 2 月 5 日，广东羊城，阳光明媚。这天，广州城分外热闹，贺龙、聂荣臻、徐向前、叶剑英、罗瑞卿等军界首长齐聚广州军区，参加了广州军区郭兴福教学方法评比现场会议。

在这次会议上，与会的首长们观看了广州军区部队的精彩表演并接见了学习郭兴福教学方法评比现场会议的全体代表。

广州军区学习推广郭兴福教学法活动开始很早。1963 年 6 月，广州军区邀请郭兴福赴广。郭兴福率领团队先后为广州军区各部队做了教学表演。

郭兴福及郭兴福教学法受到广州部队广大官兵的热烈赞扬，军区领导看了表演后纷纷要求所属部队一定要把郭兴福教学法学到手。

从此，广州军区掀起了一股学习热潮。经过几个月的学习，广州军区领导决定进行一次评比验收。于是，在 1964 年 1 月 19 日，广州军区召开了学习郭兴福教学法现场评比大会。

参加评比大会的有各部队选拔出来的步兵、炮兵、工程兵、坦克兵、通信兵、防化学兵、侦察兵等几十个兵种"尖子"班，还有数十名郭兴福式的连长、排长、班长及试点分队。

在评比大会上，各单位选拔出来的郭兴福式的教练员和分队做了精彩的汇报表演，展示了他们学习郭兴福教学法，开展群众性练兵活动取得的丰硕成果。

在这次评比大会中，涌现出许多典型：

某部连长陈永明指挥正确灵活，战士动作勇猛顽强，非常好地体现了战术动作的要求，受到好评。

某团九连四班班长卓潮宣教练出来的战士，在山地应用刺杀表演中，表现突出，个个都像"小老虎"一样勇猛，不禁让人惊叹。

某部喷火连六班，在复杂的战术背景条件下，采取搭人梯、撑竿跳、搭跳板等办法克服重重障碍，进行山地喷火射击，合格率达到百分之百，让人惊奇。

某部班长胡义标示范讲解冲击动作，吸引了大家的目光。他的讲解简单明了，动作灵活有力，在跑步时，胸前挂的那支枪一点儿也不妨碍他的运动。

他想尽办法让大家学到真正的本领，不仅在同行的表演中找差距，还会给同行提出意见。

……

看完军区的精彩表演，罗瑞卿问一个叫袁春阳的炮兵班长，说："表演时，为什么最后一发没有命中？"

袁春阳答道："炮筒打热了，影响命中率。"

贺龙笑着说："恐怕是有点紧张吧？"贺龙的话引起了一片欢笑声。

笑声停止，贺龙严肃地告诉袁春阳："办什么事都要思想领先。我们的政治工作一定要做到训练中去，做到每个战士身上去。如果元帅们、将军们来看就影响命中率，打起仗来怎么办呀？"

袁春阳坚定地回答："我们不怕敌人。"

贺龙赞许地说："好啊，脑子里经常装个敌人，不论谁来了，心里也不紧张，也不影响成绩。"

贺龙在会上做了发言，他说："兵是练出来的，就是过去战争时期，也很重视练兵。如果 100 发子弹给一个新兵，就得用 50 发训练他打靶，表面上看，这样划不来，用 100 发子弹打敌人不是更好吗？"

说到这里，贺龙稍微停顿了一下继续说："可是，没有经过训练的战士，100 发子弹不一定能打中一个敌人。相反，一个经过训练的战士，50 发子弹可能消灭 50 个敌人……"

聂荣臻接着说："近战，是我们的光荣传统，一定不能忘掉。"

徐向前说："部队一定要坚持在复杂条件下的训练，做到在任何情况下，都能发挥威力。"

首长们的话，既是对广州军区坚持军事训练的赞许，也是严格的要求和期许。

会场上充满浓厚的比、学、赶、帮的气氛，大家互相学习，寻找各自的差距，并认真观看每一个精彩的战斗动作和创新的训练方法，让评比大会变成了交流大会。

全军掀起练兵高潮

在评比场外，战士们相互观摩学习，一个班在前面做，几个班在后面学，更多的人则在旁边聚精会神地看、听、记。

某部班长曾宪迪是前一年学习郭兴福教学法时的"尖子"，在巡回表演中，他曾教过兄弟部队的班长张德山训练单兵动作的方法。

在这次大会上，两个班长又见面了。在表演时，曾宪迪仍用老方法训练小组，而张德山却推陈出新，取得了很好的效果。

曾宪迪看到张德山青出于蓝而胜于蓝，忍不住地高兴。他在张德山表演后立即走上前向张德山学习，很快就把对方的经验学到了手。

为了学到更多教学经验，很多人把一切可以利用的时间都挤出来了，他们修改教案，认真琢磨，在学习中寻找自己的薄弱环节，然后加以改正。

五、 全军开展大比武运动

● 战士们攀上滑下，如履平地，除了利用竿、
  绳、水管外，还用两人接梯和四肢攀楼角的
  办法攀上4层楼顶。

● 刚刚还是微波粼粼的湖面，顷刻间成为一片
  火海。战士们利用现有装备进行海岸防御，
  抗登陆的演练开始了。

● 战士们冲进战场，一声声巨响过后，爆炸的
  水雷激起层层波浪。在观望台上，毛泽东放
  下望远镜长时间鼓掌。

中央决定开展全军大比武

1964年1月，中央军委秘书长、总参谋长罗瑞卿在南京举行的全军学习推广步兵某部副连长郭兴福创造的把练思想、练作风、练战术和练技术有机结合起来的练兵方法现场会上，提出了举行全军比武的建议。

1964年4月，经过军委办公会议讨论，中央军委决定在全军进行一次军事训练的大比武。会议明确提出要以比武的方式检验推广郭兴福教学方法的效果，并初步确定在1964年10月1日前后举行全军大比武。

中央军委希望通过大比武为大练兵运动注入新的活力，推动了大练兵运动更深入广泛地开展。为了准备大比武活动，中央军委专门成立了全军的军训比武筹备委员会，由总参谋部主管军事训练的副总长张宗逊负责。

从1964年初开始主持中央军委日常工作的贺龙元帅对此非常赞同，并亲自为总参谋部主管军训的副总参谋长张宗逊批了所需经费及器材。

同时，中央军委下达了《中国人民解放军1964年比武大会若干问题规定》，明确了比武的目的、规模、内容、项目、评选原则和奖励办法等。各部队自下而上地层层比武，选拔参加全军比武的集体和个人代表。

在中央军委的大力倡导下，各种为大比武做准备的军事训练评比竞赛活动在全军开展起来，全军训练场上出现了热火朝天的场面。

根据中央军委的决定，1964 年 5 月 15 日，总参谋部、总政治部正式向全军部队发出《关于全军比武问题的通知》。

该通知迅速下发到了全国各大军区及相关单位。军委的决定和总部的通知，像战鼓、像号角，激励着全军官兵。

不分军种兵种，不讲各行各业，不论机关连队，不管干部还是战士，大家都是一个信念：为了赢得未来反侵略战争，为了保卫祖国，必须练出过硬本领。

战士们纷纷说："谁是英雄谁好汉，到训练场上比比看！"

还有的说："我们一定要把郭兴福教学法表现出来，让全国人民看看咱们的真本事！"

自从中央军委决定进行全军大比武后，负责军委日常工作的贺龙元帅就非常关心各地的进展情况，为此他专门到各处进行了调查研究。

1964 年 5 月 12 日，天气晴朗，贺龙又一次来到了北京军区。他想亲自抓一些军区的"尖子"，并检查军区的训练和选拔参加全军"比武"代表的情况。

一下汽车，贺龙立即感觉到这里的热烈气氛，几乎所有人的脸上都荡漾着激情，因为马上就要比武了，他们正做着积极的准备。

　　贺龙元帅不顾 68 岁的老迈身躯，一到军区立即投入紧张的工作。在看完白天的比赛课目后，他接着看夜间比赛课目，让在场的战士们深受感动。

　　在这一天，贺龙分别观看了排对抗射击、无后坐力炮班对铁丝网木桩发射孔射击、排抵近射击、半自动步枪速射、军械员野战条件下专业技术、火箭筒夜间射击、工兵排夜间构筑防御阵地、夜间通过障碍等表演。

　　在整个表演过程中，贺龙几乎一直盯着训练场，看到精彩的地方，他连连称赞："只有这样练，才能在比武中取得好成绩嘛！"

　　在各种表演过程中，贺龙最重视的一点是群众性创新。他认为，只有发挥所有人的创新能力，才能保持军队的生命力。

　　贺龙元帅指示说："练兵一定要走群众路线，充分发挥群众的积极性。练兵就要苦练、巧练，要摸清武器的性能，找窍门，练战场上 200 米内近战、夜战中过硬的绝招。"

　　表演结束后，贺龙走上前去，与参加表演的干部战士一一握手，热情地询问和鼓励大家，还与干部战士合影留念。

　　临别之时，贺龙又对在场的军区领导指示说："要鼓足干劲，狠抓这项工作，把每个团、每个师、每个军都训练得这样过硬，那就是了不起的成绩，我军的战斗力就会大大提高。"

几天以后，贺龙乘车去了天津杨村，在那里，他又是坚持了一整天，观看了包括夜战在内12个军事项目。对于每个分队的表演，他都十分兴奋，也颇为满意。

　　这次北京军区的视察，贺龙感觉收获颇多。他感到是时候向中央"造造舆论"了，这么大规模的比武活动，要是中央领导不知道，那怎么能行呢？

　　贺龙主意已定，所以他刚刚回到军委办公室，就找到了参谋长罗瑞卿。他首先谈了自己这次视察后的感受，然后说："长子，我们是不是向中央报告一下？"

　　罗瑞卿一听就明白了，贺龙元帅这是想引起中央领导对大比武的重视，从而使全军的军事训练更上一个新台阶。要想引起中央领导的重视，罗瑞卿认为，单纯的报告不行，最好是能够让中央领导亲自到场观看，于是他说："对，老总，我也这么想。请他们去看看表演。"

　　贺龙听了，一拍大腿说："这个办法好。我先去跟总理吹吹风。"

　　这天，贺龙来到西花厅，向周恩来报告了部队推广郭兴福教学法和全军准备大比武的事情，他希望中央领导有空可以去看看表演。

　　听了贺龙的建议，周恩来愉快地接受了邀请。听说周恩来总理要亲自观看表演，罗瑞卿立即亲自到北京军区进行了安排。

　　1964年5月20日，在罗瑞卿和北京军区司令员杨勇的陪同下，周恩来、彭真、陈毅、贺龙等来到了天津杨

全军开展大比武运动

村的北京军区所在地，观看北京军区各"尖子"分队的军事技术表演。

这时已经是下午，正是春末夏初的季节，阳光明媚。"尖子"分队这次表演是半自动步枪速射、半自动步枪100米距离目标射击、军械员专业技术表演、步兵打坦克、步兵营以下简易通信、汽车通过障碍、侦察兵居民地搜索和攀登8个课目。

半自动步枪速射首先开始，4名战士奔跑上场。只听射击场上一阵紧密的枪场。

周恩来拿起望远镜仔细看着，一边看一边笑着说："你们看，都打到一个地方了！"

在周恩来身旁的陈毅也说："好，全打中了，一个比一个打得快。"

射击完后，周恩来、陈毅都站起来为他们鼓掌。

这次射击的成绩是3名射手各中40发，另一名射中39发。贺龙非常高兴，他大声说："打得好！上次都是这么好的成绩，他们一定会在大比武中取得佳绩的。"

接下来是半自动步枪100米距离目标射击，贺龙向周恩来、陈毅介绍说："这个难打，得有过硬本领。"

只见几名战士在100米距离上，准确地击中了一个又一个瓶子和灯泡，"噼""啪"之声不绝于耳。周恩来、陈毅都止不住连声叫好。

第三个项目是军械员专业技术表演。当20名步兵连军械员上场后，都立即被蒙上了眼睛。贺龙介绍说："这是夜间课目白天做。"

只见这些军械员在蒙上眼睛的情况下，娴熟地进行着各种轻武器分解组合，一切进行得如行云流水般，没有一个人出现差错，不得不让人佩服。

陈毅由衷地感叹说："你们有本事，佩服你们啊！"

罗瑞卿接着说："这在战场上很有用的。"

周恩来点点头说："每个战士都应学会。"

彭真补充说："民兵也要学啊！"

时间过得真是太快了，8 个项目很快就基本进行完了，现在是最后一个项目：侦察兵居民地搜索和攀登。

只见侦察兵们一个个像灵巧的猿猴一样，利用绳索、竹竿甚至徒手快速地上下 3 层的楼房，并和屋顶的"敌人"展开生死搏斗，并最终将上面的"敌人"一个个地押了下来。

罗瑞卿介绍说："这是飞檐走壁。"

看到这里，周恩来站起身来一边鼓掌一边说道："好！好极了！"陈毅在一边直感叹："真勇敢，有真本事！"

表演全部结束了，周恩来亲自上前和参与表演的战士们一一握手，并关切地询问战士们是否对比武有信心。当听到战士们已经做好了最充分准备的回答后，他满意地点点头。

就这样，整个下午的表演结束了。根据事先安排，周恩来等中央领导在军区用了晚餐，准备继续看晚上的

全军开展大比武运动

表演项目。

当天晚上，天空下起了蒙蒙细雨，可是这却丝毫没有阻挡周恩来等中央领导观看表演的兴趣，更没有影响即将进行表演的战士们的信心。

在汽油灯的照射下，军区亮如白昼。周恩来等中央领导冒雨观看了"夜老虎"连训练、闪光和照明弹射击、抵近射击、工兵构筑防御阵地、步兵连3000米越野等10个课目的演练。

整个表演结束时，已经接近午夜。周恩来总理登车回京之际，高兴地握着杨勇的手说："好！兵就是应当这样练。政治上强，再加上过硬的技术，军队练成这个样子，那就什么敌人也奈何我们不得。"

贺龙也在临行之时，向杨勇提出要求，要他好好进行经验总结，在推广郭兴福教学法的同时，也为即将到来的大比武做好准备。

毛泽东亲自观看比武表演

1964年6月，炎夏季节，全军练兵也不断掀起新的热潮。这时，贺龙元帅把全军推广郭兴福教学法，掀起练兵热潮以及北京军区"尖子"分队表演情况都对党中央毛泽东作了详细的汇报。

通过贺龙元帅的报告，毛泽东了解到，全军正在掀起一场群众性的大练兵热潮。就在这短短几个月的时间里，全军的军事训练已经取得了很大的成效。

同时，毛泽东又从简报上看到，贺龙、叶剑英、罗瑞卿等军区领导经常到部队视察，而且周恩来等中央领导也都观看了战士的比武表演，这不禁让毛泽东也有些心动，他也实地看一下表演。

于是，毛泽东在一份反映比武情况的简报上写了一句批示：

此等好事，能不能让我也看看。

批示很快转到军委，送到了贺龙手里。贺龙当时是又惊又喜，他没有料到毛泽东会主动要求观看表演，而他也想到，毛主席亲自观看表演，将会对全军大练兵起到多大的精神鼓舞啊！

全军开展大比武运动

对于毛泽东观看表演，中央军委当然不敢有丝毫马虎。身在北京的贺龙立即与在济南的罗瑞卿通了电话，双方共同商定了相关事宜。

根据日程安排，筹备的时间只有短短5天，要在这5天中组织这么大规模的比武表演，又得保证绝对安全，难度相当大。

贺龙、罗瑞卿和张宗逊分头行动，从已经考察过的北京军区和济南军区中挑选表演人选，到北京为毛泽东等中央领导人进行汇报表演。

经过紧张的组织工作，一切准备妥当。1964年6月15日，汇报表演正式开始。当天，北京西郊射击场上艳阳高照，彩旗飘飘，参加表演的战士们一大早就已经全部到位。只见他们一个个全副武装，精神抖擞。

这时，在刘少奇、朱德、周恩来、邓小平、彭真、陈毅、贺龙、聂荣臻等党和国家、军队领导人的陪同下，毛泽东主席来到射击场，在主席台中央坐定，台下顿时响起了战士们热烈的掌声。

首先是参加"大比武"表演的1000多名选手站在一起，幸福地和前来观看表演的毛泽东等党和国家领导人合影留念。合影后，表演课目随即开始。

汇报表演的节目表早已经放在了主席台各位领导的桌子上，毛泽东拿起来看，只见上面列有：步兵轻武器射击、3000米武装越野、"夜老虎"连夜间训练、侦察兵捕俘、攀登技术、汽车通过障碍与自救、坦克表演、济南地区祖孙三代和女民兵对陆地和水上目标的射击等项目。

毛泽东挥一挥手，比武汇报表演正式开始。这时，两名来自济南军区的射手站在了表演场地。

杨得志介绍说，这是来自山东军区的宋世哲和全祥云，他们表演的课目是立姿掩体内快速射击，每人 40 个钢板胸靶，一个口令，同时射击。

在指挥员的带领下，两名射手持枪跑步到主席台前，向毛泽东报告，后转身进入射击位置。

宋世哲当时的心"怦怦"直跳，紧张得都快要蹦出来了，眼前的 80 个钢靶突然变得模模糊糊的，连成了一大片。

这时，宋世哲狠狠地攥了攥自己的左手，强迫自己平静了下来。他还想起了罗瑞卿总长的嘱托："你们是第一个表演课目，要打响第一枪，你们汇报的好坏，影响着下面的课目，你们的任务很重啊。"

宋世哲在心底对自己说，不要紧张，按照罗总长的指示办！接着他站到掩体后，用脚感受了一下地面的硬度，并在前面找了找趴下的角度，调整好了身体姿势，眼睛直盯着前面的目标。

"放！"指挥员口令发出！这时宋世哲已经进入忘我境界，按着已经训练过不知多少遍的射击要领，一下一下快速地扣动扳机，并且不断挪动枪口方向，因为前面每两个靶子之间的间隔是 2 米。

全军开展大比武运动

结果，宋世哲用了 40 发子弹，40 秒钟时间，把 40 个钢靶全部击落。中间还换装了 3 次弹夹。干净利索，没有任何瑕疵。当他击落全部钢靶时，全祥云还有 3 个没有打完。

这宋世哲最好的一次射击成绩。自打响第一枪开始，观礼台上就一直在鼓掌，特别是当 40 个钢靶全部被打落后，他看到毛泽东站起来为他鼓掌。

宋世哲按口令验完枪后，罗瑞卿总参谋长从观礼台上走下来，他笑着对宋世哲说："祝贺你！打得好！毛主席很高兴，要看你的枪！"

宋世哲心里顿时觉得比吃了蜜还要甜，恭敬地用双手将枪递给罗瑞卿。

罗瑞卿一边把枪递给毛泽东，一边介绍说："这是我们国产的，1963 年装备部队，我们打了几十年仗还没有用过这么好的枪。"

只见毛泽东接过罗瑞卿递来的枪，先左右端详了一下，然后又举起来瞄了瞄。毛泽东看过枪后，又把枪递给刘少奇看。

毛泽东问宋世哲："这枪准吗？"

宋世哲回答道："报告主席，非常准。"

毛泽东微笑着点头，又问："训练苦吗？"

宋世哲回答："报告主席，不苦！"

毛泽东露出和蔼的笑容："是的，训练就要不怕苦。不怕苦，枪才能准，才能打败一切反动派。"

这一历史性场面，体现了毛主席对"大比武"活动的关怀和勉励，令在场参加表演的官兵精神振奋。

后来，罗瑞卿让工作人员把毛泽东看过的那支枪保存起来了。从那时起，宋世哲就再也没有摸过那支枪。这支枪后来作为珍贵文物，被陈列在了中国人民革命军事博物馆里。

由于宋世哲进京汇报表演成绩突出，部队给他记了二等功一次，后来还提升了职务，调任第二二六团二营红四连连长。

毛泽东的鼓励给了宋世哲极大的精神鼓舞，他回去后牢记毛泽东的教导，训练更加刻苦，先后为部队培养了200多名神枪手。

在宋世哲他们的表演之后，上场的是两位女将，济南军区司令员杨得志赶快向毛泽东介绍说，这是来自山东的女民兵，他们要表演枪打汽水瓶。

只见两位女将提起步枪，毫不紧张，端枪、瞄准、射击一气呵成。顷刻之间，20个汽水瓶一扫而光。打过汽水瓶，接着是打靶，一人50发子弹，分别命中49发和47发。

全部结束后，罗瑞卿专门走下主席台，把弹孔密布如蜂窝的靶子拿上来给毛泽东和刘少奇看。毛泽东和刘少奇看过后立即高兴地鼓起掌来。

接着是精度射，单臂射击，双枪射击……

每进行完一项，毛泽东和刘少奇都高兴地鼓掌，周恩来和邓小平则连声称赞:"打得好!"

主席台上最忙的要数总参谋长罗瑞卿、北京军区司令员杨勇和济南军区司令员杨得志。特别是罗瑞卿,由于这些表演他都看过,便主动向毛泽东作介绍,同时兼顾刘少奇、周恩来、邓小平等领导同志,他们提问什么问题,他便去作解释。

在表演的间隙,毛泽东指示说:"要注意多搞夜战,搞近战。在很黑的夜里搞,什么也看不见。"

贺龙听了毛泽东的话,立即回答说:"今天晚上主席可以看看他们的'夜老虎'连表演。"

毛泽东忙问:"什么叫'夜老虎'?"

贺龙解释说:"就是专搞夜间训练的连队,现在他们每个团都有这样的连队。"

杨勇也向毛泽东汇报:"我们军区正在突击搞夜间训练。夜晚,15米,我们根本什么也看不到,经过训练的战士能看到。"

毛泽东说:"是啊,你们要努力训练。"

杨勇回答说:"他们白天睡觉,晚上训练,练技术也练战术。夜间训练还要有白天的基础。"

毛泽东点了点头说:

敌人越凶越不怕它!蒋介石过去不凶?美国不凶?具体到每个战斗的打法就不同了,就要重视它。军队无非是要学会两个东西,一个是会打，一个是会走。会打、会走，军队都要学会。打就吃他一口，吃不了大的就吃小的，吃了一口再吃一口。

时间过得真快，济南军区的表演很快就结束了，北京军区表演马上就要上场了。在这个时候，毛泽东突然转头问身旁的杨勇："参加表演的有没有一九六师？"

毛泽东为什么会专门提到北京军区一九六师呢？原来，这个一九六师是解放军第一支对外开放的部队。

一九六师由红军骨干组建而成，在长征中曾给毛泽东等领导担任警卫任务。参加过百团大战、平津战役、抗美援朝等重大战役战斗数百次，为新中国的解放立下过汗马功劳。

朝鲜战争的硝烟刚刚散去，毛泽东就考虑要组建一支让世界了解中国军队的"窗口"部队。最终，他把向全世界展示新中国武装力量的重任交给了刚从朝鲜战场凯旋归来的步兵一九六师。

从此，一九六师正式登上了不出国门的"国际舞台"，成为中国第一支对外开放部队。

1960年5月26日，二战名将蒙哥马利远涉重洋，来到这支部队。从射击、投弹、擒拿格斗，到500人的刺杀方队。蒙哥马利始终目不转睛、面色凝重。

此次中国行，蒙哥马利得出了这样的结论："在这里，我要告诫我的同行，不要同中国军队在地面上交手，这要成为军事家的一条禁忌，谁打中国，进得去出不来！"

一九六师作为军事外交的一个重要"窗口"，演兵场上官兵高昂的士气和精湛的技能，博得了各国来宾的赞誉，向世界展示了人民军队威武之师、文明之师、和平之师的良好形象，因此毛泽东格外重视，希望能够在比武场上看到一九六师的身影。

杨勇非常清楚毛泽东问话的意思，他立即回答说："主席，一九六师的表演过一会儿就开始。"

果然，一九六师很快就上场表演了。只见8名一九六师的战士手持冲锋枪，猛虎一般扑向射击阵地，他们快捷的动作立即吸引了所有的人的目光。

"哒哒哒！哒哒哒哒哒哒哒……"仅仅10秒钟，观众还没有弄清怎么回事，战士们已经连续进行了10个点射，射出了20发子弹。

这时，毛泽东身边的罗瑞卿解释说："这种枪打单发的较准，打点射非常困难，可是战士们靠小发明解决了这个难题。"

毛泽东听完立即称赞说："还是群众路线好啊！"

接着上场的是一九六师两个迫击炮班，他们表演的项目是八二迫击炮射击。这三门炮都有些残缺，目的是突出战场上的现实性。

这三门炮其中第一门炮没有炮盘，第二门炮没有射手，第三门炮没有瞄准具。罗瑞卿向毛泽东介绍说："这是迫击炮简便射击。打起仗来，炮盘手掉队了，射手负伤了，或者瞄准具被敌人打坏了，单个炮手仍能用简便方法射击。"

说话之间，只听到三场震天阶的炮声响彻云霄，再看目标，三门炮全部命中目标，合格率达到了百分之百。

看到这里，毛泽东不禁频频点头。

这时，半自动步枪快速精度射的表演开始了。毛泽东问罗瑞卿："什么是精度射？"

罗瑞卿说："'少而精'的精，就是打得准的意思啊。"

毛泽东拿起望远镜，专心地看着上场的每一个射手，很快射击结果出来了，结果是：4名射手都是40发中了40发。这么好的成绩再次赢得领导的一片掌声。

毛泽东非常高兴，他指示说：

　　要多练习，要注意普及。这样才可以把军队的整体素质提高上去。

杨得志和杨勇都立即向毛泽东反映了子弹缺乏的情况，一个说，"1颗子弹等于3个鸡蛋了！"一个说，"1颗子弹要两毛钱！"

毛泽东立即指示说："子弹平时可以多造一些，平时多用子弹，打起仗来就省子弹，才打得准嘛！"

刘少奇立即接话："是否各省都要搞个小厂子，搞炸药，搞武器修配厂。全国这么大的地方，只大区搞，打起仗来运输困难，供应不上。据说铜困难点，但收回弹壳，可以重新造嘛！各省都要搞起来。"

时间过得真是快，一个上午就这样匆匆过去了，到了吃午饭的时间。午饭过后，毛泽东、刘少奇、周恩来等继续观看一九六师做攀登高大建筑物等汇报表演。

攀登表演惊险刺激，是侦察兵们的基本项目。战士们需要攀爬的是一栋4层楼，利用的工具是现实中最常见的竿、绳和墙上的水管管道等。

面对庞大的楼体，战士们一个个毫无惧色，他们就像生了翅膀一下，轻盈地攀上滑下，如履平地。最精彩的表演是几个人完全不用工具，通过两人接梯和四肢攀楼角的办法也顺利完成了攀爬，顺利到达4层楼顶。

对于战士们精彩的表演，毛泽东鼓掌表示由衷的称赞。最后，毛泽东和周恩来还专门接见了表演的战士们，并同他们握手问好，勉励他们要勇攀新高峰。

刚刚进行完攀爬表演的战士们虽然一个个满头大汗，但是他们没有一个喊累。毛主席和周总理的亲自接见，让他们似乎有了无穷的力量，一个个表示会继续加强训练，再向首长进行汇报。

接下来，毛泽东又观看了两个班的对抗射击。观看期间，罗瑞卿介绍说："这么强的火力，我们是攻得上，守得住的。"

杨得志插话说："这种打法，实战中最过硬，集中火力打一点。"

罗瑞卿接着说："发现目标就打，可以锻炼战士的勇敢和技术。"

在擒拿格斗表演的场地，出现了让人忍俊不禁的一幕。原来，毛泽东在场地中间看到了一个画有蒋介石头像的沙袋，不禁走上前去。

毛泽东在蒋介石的画像前停住了脚步，眯上眼睛仔细看了几遍说："这不是蒋介石吗？老朋友，久违了，我也打你几拳。"

毛泽东一边说一边真的连续挥了三拳。在场的中央领导和战士们都情不自禁地哈哈大笑，毛泽东也发出了会心的微笑。

在此后的表演中，毛泽东突然想起了自己最擅长的运动：游泳。他立刻问杨勇："部队是不是可以大规模搞游泳训练项目？"

杨勇回答说："还没有。"

毛泽东说："游泳项目夏天完全可以搞，部队要学游泳。但光靠游泳池不行，要到大海中去，去经受海浪的考验才行啊！"

这时，夕阳西下，西边的天空一片金黄。白天的表演项目也到了尾声，按照预先的安排，会有一些晚上的表演项目。

为了照顾领导们的身体状况，晚上的项目安排得不是很多。在晚上的表演项目中，第一九六师五八七团一连表演的 3000 米武装越野引起了包括毛泽东在内的许多中央领导的兴趣。

这天晚上比较暗，天空是一片幽蓝，非常美丽。这时，3000 米武装越野表演开始了。

战士们表演的途中，杨勇向毛泽东介绍说："战士们负重 22 公斤，3000 米越野，地形复杂，战士们只用 13 分钟就能完成。一部分到达不算，非最后一个到达才算数。有的战士走不动，抬也要把他抬到。"

毛泽东显然有些激动，他两次从座位上站起，透过夜幕寻找越野部队。当他发现战士们头上的红色标志灯后连连说："看到了，看到了，在那里……"

这时，罗瑞卿也在一边进行补充说："3000 米越野并不光走平地，还要上坡、下坡、过桥。"

说话之间，战士们已经纷纷到达了终点。看到这里，毛泽东不禁感慨："兵贵神速！我们的军队就是靠近战、夜战起家的。这样练打、练走，完全符合实战的要求。"

短短一天的表演结束了，在这一天里，战士们进行了惊险、精彩的军事表演，获得了中央领导的一致肯定。大家对中国的国防事业充满了信心，为有这样一支英勇的人民军队而自豪。

汇报表演获得中央领导肯定

1964 年 6 月 16 日，毛泽东等中央领导接受邀请，继续观看表演。这一天天气格外好，艳阳高照，碧蓝的天空上没有一丝云彩。

已经 78 岁高龄的朱德也出现在了观看演出的中央领导中。他因为身体原因，前一天没有来，今天专门来到了现场观看演出，给要表演的战士们以极大鼓舞。

按照预定计划，这天上午的表演是工程兵反空降和设置陆地障碍技术表演及炮兵和坦克部队的表演。

这时，只见一辆辆旧汽车驶过了铁轨桥。毛泽东问身旁的杨勇："汽车在干什么？"

杨勇回答说："这是去年抗洪的时候，遇到桥梁被冲坏，影响了运输任务的完成，就从那里得到了启发，我们就开始利用旧器材进行驾驶训练。"

毛泽东一边听，一边举起望远镜仔细观看。当他发现汽车顺铁轨做倒车动作时，微笑着说："谁说不能开倒车？这不是开倒车嘛！"

毛泽东的话一下把观看演出的中央领导同志都逗乐了。

这时，毛泽东对军队训练作了高度的概括："就军队的职能来说，不就是要会打吗？会打就要学会走，不会

111

走就无法去打。即使在高度现代化的明天，军队训练也离不开这一打一走。"

听了毛泽东的话，贺龙表示十分赞同。

毛泽东还反复强调："要多练习，要注意普及。还是那句话，练武还要练文，注意学习文化。"

通过毛泽东的话语和态度，可以听出他对于这次表演是非常认可的。毛泽东的首肯，说明军委全力推广郭兴福教学法是正确的，这让贺龙同志心花怒放。现在他想的是，下一步如何搞好普及。

当天下午，毛泽东等中央领导又乘车前往十三陵水库，观看战士们的海岸防御，抗登陆的演练。十三陵水库在长城脚下，在烈日照耀下，水面泛起万点金光。

随着一声令下，表演开始了！波平如镜的湖面，顷刻间成为一片火海。冒着熊熊的烈焰，战士们奋不顾身冲进战场。

接着传来一声声巨响，原来是水雷在水中接连被引爆，水面上立即波涛翻滚，溅起一人高的水花。这时，毛泽东正用望远镜专心致志地观看，看到这些，他情不自禁地放下望远镜长时间鼓掌。

朱德同志也在现场，他看到年轻的一代发扬了当年的优良练兵传统，并练出了高超的军事技术，非常高兴，也不断为战士们鼓掌。

表演结束，毛泽东乘便在水库里游了个泳。一来，天气实在太热，二来，毛泽东一看到水，就异常亲切。

众所周知，他可是个经历过大风大浪的游泳好手。

按原计划，十三陵水库的海岸防御和抗登陆演练表演结束后，大家要转场到炮兵和坦克部队的表演场地。

这时，军区首长们考虑到天气实在太热，而且毛泽东刚才游了泳，已经很疲劳，于是提出建议让毛泽东回去休息。

毛泽东听了表示不同意，他坚持继续看完所有的表演。毛泽东的精神让在场的中央领导十分感动。于是，大家又出发赶往羊坊表演场。

当毛泽东出现在羊坊表演场第一号看台上时，战士们发出了热烈的掌声。

表演开始前，装甲兵司令员许光达大将向毛泽东介绍了坦克部队的装备、训练等各方面的情况，并专门对国产坦克的性能进行了评价。

毛泽东听许光达介绍国产坦克上安装的火炮稳定器时，显示出很感兴趣的样子。毛泽东问："坦克都有这种装置吗？"

许光达说："不，只是我们自己制造的坦克有。"

这个时候，炮兵的表演开始了。毛泽东立即站起身来，用望远镜对参演的坦克挨个察看，并详细询问了炮兵的装备情况。

表演完毕后，许光达和杨勇等请毛泽东下楼休息。大家刚走两步，忽然又传来一声炮响。毛泽东立即又转回到了原来观看的位置，他说："还没有完嘛，人家没有

全军开展大比武运动

完我们就走不好嘛！"

许光达微笑着对毛泽东说："现在真完了，请主席快下去休息吧。"毛泽东这才慢慢向楼梯口走去……

通过两天一夜的比武汇报表演，毛泽东看到部队通过大练兵、大比武，指战员技术练得这样精，军事训练取得了这样大的成果，十分满意。

毛泽东感到，这样的比武，对部队的训练是一个很大的推动，他希望这样的比武能够在全军普及下去，因此在表演刚刚结束，他就决定在十三陵军事表演地召开一次军事会议，讨论全军大练兵的普及问题。

毛泽东在会上对前来观看表演的各省、市、自治区的主要领导人说："光看表演不行，要抓兵。各级党委都要抓军事工作，只知搞文、不知搞武，只要人、不要枪是不行的。"

会议结束后，毛泽东回到中央，可心情却依旧久久不能平静。为此，毛泽东又多次找到贺龙元帅，指示中央军委一定要在全军推广表演部队的练兵经验。

全军大比武获得全面丰收

1964 年 6 月 17 日，就在向党中央毛泽东进行汇报表演的第二天，贺龙就主持召开了军委常委会。会议决定将毛泽东的指示向驻京高级干部传达。

贺龙还找到总参主管军事训练的张宗逊副总参谋长布置工作，他说："我已向毛主席说了，两三年可以把'尖子'经验在全军普遍推广，一定要很快搞出成绩来。"

在普及训练"尖子"经验过程中，贺龙、叶剑英、陈毅、聂荣臻、徐向前等军队主要领导干部纷纷下到训练场，研究解决普及推广训练"尖子"经验中出现的新情况，指导全军大练兵运动沿着正确的轨道健康发展。

贺龙在北京军区普及"尖子"经验现场会上指示："比武不能搞形式主义，训练是为了打仗。"

针对个别单位比武中出现的调人、换枪等现象，贺龙非常严厉指出："全国都学解放军，可是解放军自己还弄虚作假，怎么让人学？三总部要带头反这个东西，部队也要反。"

叶剑英在深入许多部队调查研究的基础上，整理出《连队基础训练二十条》，经军委批准，颁发全军执行，给部队提供了一套科学的训练指导方法。

在开展大比武运动中，最为繁忙的是罗瑞卿总参谋

全军开展大比武运动

115

长，他先后 13 次跑遍了全国 9 个省的许多部队，了解情况，解决问题。

在济南军区普及"尖子"经验现场会上，当罗瑞卿看到部队练兵士气昂扬，时常挑灯夜练，便要求指挥员注意劳逸结合，保护战士的训练积极性；当他听说普及"尖子"经验中弹药器材消耗过猛，便教育部队勤俭练兵，为国分忧。

这些深入实际的科学指导，为我军大比武运动始终保持在正确的轨道上前进提供了保证。

在党中央和中央军委的关怀和领导下，全军大比武运动获得了丰硕的成果，各地捷报频传，中央军委领导同志奔赴各地进行评价验收。

1964 年 7 月 19 日至 8 月 14 日，全军步兵分别在北京怀柔、河南信阳和甘肃天水举行比武。

7 月 28 日下午，叶剑英元帅专程赶往河南信阳，在那里观看比武表演项目。

在观看南京军区某团三连的步兵连进攻汇报表演后，叶剑英亲切地说："你们的体力很好，锻炼出来了，个个都像'小老虎'，看不出疲劳的样子。希望你们继续努力，搞得更好！"

29 日上午，叶剑英观看了广州军区某部"罗盛教连"武装泅渡的表演。在接见他们时说："我看了你们的表演很高兴。你们要永远保持荣誉，发扬你们的光荣传统。"

当天下午，叶剑英又观看了南京、武汉、福州军区班对抗射击和武汉军区"硬骨头六连"、福州军区某团二连七班的投弹表演。

叶剑英接见"硬骨头六连"时说:"你们这个连队很有名,过去是战斗模范连,一定要把传统接下来,练好200米内硬功夫,保持荣誉。"

30日上午,叶剑英观看了武汉军区警卫营一连三班班防御和广州军区某团九连四班的小组打坦克。

看完班防御表演后,叶剑英笑着说:"表演很好,你们是'尖子',但还是单项'尖子',学会了防御,还要学好进攻,要把攻、防两种基本战斗类型都学好。"

全军步兵北京区比武大会开幕后,罗瑞卿、张宗逊、杨成武、杨勇、廖汉生等于8月10日,一起参加了北京区比武大会,观看了精彩的表演。

在大会上,罗瑞卿转达了党中央毛泽东对大家的问候并提出了自己的希望。他说:"希望大家继续努力,把思想、作风、技术、战术练好,如果敌人胆敢挑衅,就坚决消灭它!"

表演开始了,首先上场的是昆明军区代表队,他们表演的是"快速爆破法开辟通路"。罗瑞卿问身边的昆明军区的负责人:"在敌火下打桩子有没有问题?"

昆明军区负责人回答说:"没有问题!"

说话间,只听几声轰然巨响,"敌人"的雷区、鹿砦、铁丝网被炸开一条宽宽的通路,战士们迅速冲了上去。

罗瑞卿看到这个景象异常兴奋，他亲自爬山越沟去现场检查效果。看后，他高兴地说："这个方法很好，从理论上、实践上讲都是可以的。'八仙过海，各显其能'，我们要多准备几手过硬本领，抛射送炸药的方法、人送炸药的方法部队都不能放弃。"

战士们表演结束后，罗瑞卿和参加表演的战士一一握手，并鼓励他们继续努力，还一起合影留念。

罗瑞卿接着观看了沈阳军区代表队的单兵防御表演。他在观看表演时同负责人说："学毛著要学得好，军事训练也要过硬。要又红又专，只红不专不行，认识世界，还要改造世界嘛！"

罗瑞卿在接见表演班的时候，对教员海庆林说："将来要把所有的班都训练成这样。叶剑英说战士个个要像'小老虎'，我看你们就像'小老虎'。"

罗瑞卿问战士："帝国主义要和我们打仗怎么办？"

战士们响亮地回答："消灭它！"

罗瑞卿说："我看帝国主义不来便罢，来了也逃不脱被消灭的命运。"他勉励战士们首先要练得思想过硬、作风过硬，同时也要练得技术过硬、战术过硬。

罗瑞卿最后观看了沈阳军区代表队的"班进攻实弹战术表演"，并说道："这个班的战士练得不错，要不骄不躁，继续努力。"

罗瑞卿对沈阳军区代表说："过去我看过北京军区和济南军区的表演，没有看你们的，今天专门来看你们的，你们是东北的部队，可是要搞好啊！比武比武，是为了把仗打好，比武比得好，打仗打不好那是不行的。"

8月11日，叶剑英元帅也来到了全军步兵北京区比武大会现场，他接连观看了北京军区、沈阳军区、济南军区代表队的特等射手精度射击和四〇火箭筒射击比武表演。

表演后，叶剑英说："你们表演得很成功、很生动，我很满意。连长导演得很好，通过分析、比较等方法引导战士开动脑筋，这很好，这种训练方法值得学习。"

到了下午，叶剑英观看了昆明军区工兵班的速爆法作业和济南军区守备部队的夜间海防巡逻作业表演，精彩的演出，让他大为赞赏。

叶剑英说："速爆法是个很好的发明，但在技术上还要继续研究改进，想出更好的办法来。"

最后，叶剑英和大会全体人员合影，并说道："全国各大军区、总部负责同志，都很高兴地看了你们的比武表演，大家都很满意。"

比武期间，叶剑英还召集一些部队领导进行开会讨论。在会上，叶剑英对大家说："现在我们的'尖子'多是单项的，只擅长一手，五大技术只擅长某一项技术，还有四项技术没有达到要求。同时，'尖子'分队绝大多数只是班，还不是整排、整连的；整排、整连的有一些，但很少。因此，必须搞好普及。普及，就个人来说，就是由单项到多项；就一个班来说，就是从个人到全班，

119

由个人的全能到班的全能。把全能班搞起来，再搞全能连。打仗，不是一个人、一个班、一个单项能战胜敌人的，所以主席说要普及。"

全军步兵比武大会结束不久，军委领导又接到了学军的邀请。10 月 15 日，天空下着淅淅沥沥的小雨，贺龙、罗瑞卿来到青岛，冒雨观看了北海舰队的表演。

当天的表演结束后，贺龙对负责人说："你们要好好总结一下，从组织到编队，都要搞出个样子来。这次表演只有我们一方，没有敌方。要是打起仗来，双方都打，能不能打得这样好？"

罗瑞卿也说："你打人家，也要准备人家打你呀！"

海军北海舰队第一副司令员易耀彩说："今天轰炸机炸得还不够准，可能受几朵云的影响。"

贺龙说："敌人就是要选坏天气来嘛！我们也要选坏天气来练。风浪大，七八级，就是要练这样的硬功夫。岸炮和守岛部队的任务很重。"

第二天，贺龙和罗瑞卿继续在北海舰队观看表演。当看到战士们在没有码头的条件下，对小型舰艇进行油、水补给和战时设置临时补给点的表演时，贺龙激动地说："这是个好办法，有了这个办法，在任何小港、小湾都可以进行补给。"

说到这里，贺龙想了一下又接着问："南海搞了没有？也应该叫他们搞嘛！只是这个比较慢，要想办法改进，要发展，要争取时间。"

罗瑞卿在一旁说:"我们不可能修那么多码头,就是修了,敌人一打就打掉了,台风一刮也刮坏了。有了这个办法,就可以随时补给。"

贺龙说:"江、河、湖、海都能用,陆军的小型船只都要学这个办法。有人说这是土办法,我说科学的办法就是洋办法。这个办法,平时用好了,战时就能更熟练,这是海军的方向,东海、南海要普遍搞。"

罗瑞卿对总参军训部张翼翔副部长说:"不管土办法洋办法,有用的就是好办法。转告工程兵,要他们很好研究。"

在临走之时,罗瑞卿对中国人民解放军海军副司令员兼海军航空兵部司令员刘道生说:"这次看的是'尖子',是事先有准备的。以后不看'尖子'啦,要看,就整连、整个建制单位拉出来就演,给你们搞'突然袭击'。"

贺龙回头说:"对,不看'尖子',临时拉出来'突然袭击',才能看出问题。"

大家笑着点点头。大家相信:有军委正确的思想方针,海军党委的正确领导和各级指战员的努力,一定能做好"尖子"的普及工作,提高各部队和全海军的训练水平,把战斗力大大提高一步。

全军开展大比武运动

参考资料

《走向现代化的人民军队》黄宏 程卫华主编 人民出版社

《中国足音》周日新 倪先平著 北京航空航天大学出版社

《共和国军队回眸：重大事件决策和经过写实》杨贵华 陈传刚编著 军事科学出版社

《特别行动》刘志军编著 长征出版社

《军旗飘飘——新中国 50 年军事大事述实》军事科学院军事历史研究部军旗飘飘编写组著 解放军出版社

《中越边境大扫雷》丁光洪著 云南民族出版社

《红色硝烟：西南边境大扫雷纪实》丁光洪著 解放军出版社

《延伸的战场：中越边境云南段大扫雷纪实》尹瑞伟等编著 四川文艺出版社